中国文化
知识读本

ZHONGGUO WENHUA ZHISHI DUBEN

金开诚◎主编

王 欢◎编著

吉林出版集团有限责任公司
吉林文史出版社

唐代传奇小说

图书在版编目（CIP）数据

唐代传奇小说 / 王欢编著 . —长春：吉林出版集
团有限责任公司：吉林文史出版社，2009.12（2022.1重印）
（中国文化知识读本）
ISBN 978-7-5463-1984-1

Ⅰ.①唐… Ⅱ.①王… Ⅲ.①传奇小说－文学研究－
中国－唐代Ⅳ.①I207.41

中国版本图书馆 CIP 数据核字（2009）第 238161 号

唐代传奇小说

TANGDAI CHUANQI XIAOSHUO

主编/ 金开诚 编著/王欢

项目负责/崔博华   责任编辑/曹恒   于涉

责任校对/王文亮 装帧设计/曹恒

出版发行/吉林文史出版社   吉林出版集团有限责任公司

地址/长春市人民大街4646号   邮编/130021

电话/0431-86037503   传真/0431-86037589

印刷 / 三河市金兆印刷装订有限公司

版次/2009 年 12 月第 1 版   2022 年 1 月第 5 次印刷

开本/650mm×960mm   1/16

印张/8 字数/30千

书号/ISBN 978-7-5463-1984-1

定价/34.80元

关于《中国文化知识读本》

　　文化是一种社会现象，是人类物质文明和精神文明有机融合的产物；同时又是一种历史现象，是社会的历史沉积。当今世界，随着经济全球化进程的加快，人们也越来越重视本民族的文化。我们只有加强对本民族文化的继承和创新，才能更好地弘扬民族精神，增强民族凝聚力。历史经验告诉我们，任何一个民族要想屹立于世界民族之林，必须具有自尊、自信、自强的民族意识。文化是维系一个民族生存和发展的强大动力。一个民族的存在依赖文化，文化的解体就是一个民族的消亡。

　　随着我国综合国力的日益强大，广大民众对重塑民族自尊心和自豪感的愿望日益迫切。作为民族大家庭中的一员，将源远流长、博大精深的中国文化继承并传播给广大群众，特别是青年一代，是我们出版人义不容辞的责任。

　　《中国文化知识读本》是由吉林出版集团有限责任公司和吉林文史出版社组织国内知名专家学者编写的一套旨在传播中华五千年优秀传统文化，提高全民文化修养的大型知识读本。该书在深入挖掘和整理中华优秀传统文化成果的同时，结合社会发展，注入了时代精神。书中优美生动的文字、简明通俗的语言、图文并茂的形式，把中国文化中的物态文化、制度文化、行为文化、精神文化等知识要点全面展示给读者。点点滴滴的文化知识仿佛颗颗繁星，组成了灿烂辉煌的中国文化的天穹。

　　希望本书能为弘扬中华五千年优秀传统文化、增强各民族团结、构建社会主义和谐社会尽一份绵薄之力，也坚信我们的中华民族一定能够早日实现伟大复兴！

【目录】

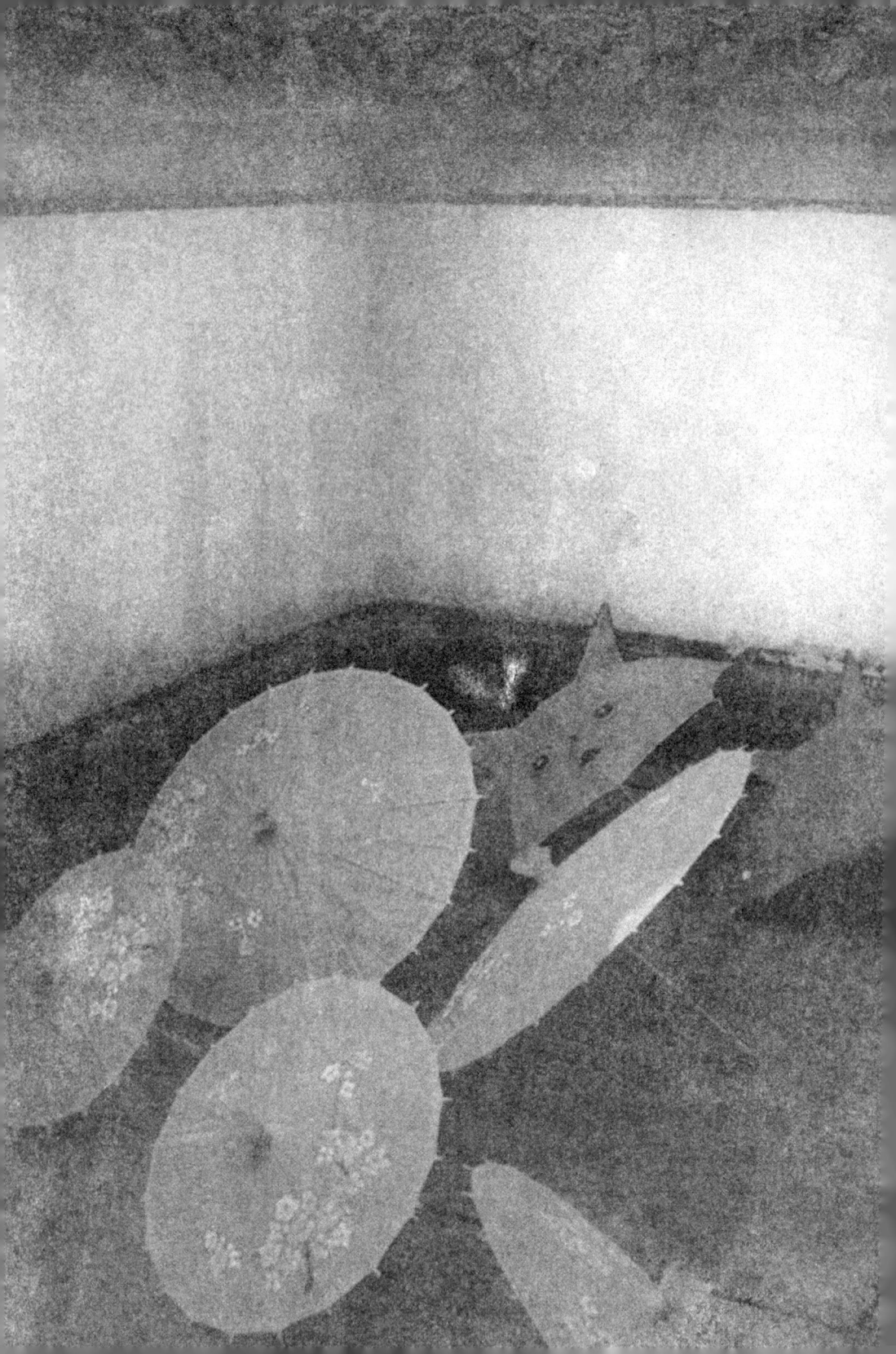

一 大唐盛世铸传奇，
人生百态尽其中

唐代经济的繁荣促进了文学艺术的发展

（一）唐传奇产生的社会历史背景

"传奇"这一名称大概是因当时的小说多展示奇特行为而得来，最早见于中晚唐著名作家裴铏的小说集。晚唐著名诗人元稹也将自己的一部短篇小说定名为"传奇"，后人将其更名为《莺莺传》。唐传奇的影响力和知名度虽不及唐诗，但它的思想内容和艺术特色足以令后世拍案叫绝。它的产生与兴盛是唐朝经济、政治、文化共同繁荣的结果。

首先，唐传奇的发展缘于唐代经济的空前繁荣。唐代的城市经济发展在当时已经达到了相当高的水平，以首都长安为中心，形成了规模宏大的城市群。

当时，各大城市中均聚集着各个阶层的人士，其中聚集人数最多的当属市民阶层，这一阶层的广泛扩大，增加了社会阶层的复杂性。这就需要文化领域中出现大量描写和反映市民阶层现实生活的文艺作品，来揭露这种复杂性，反映复杂的社会矛盾，以表达市民阶层的思想感情与愿望。后来，这些感情和愿望往往就演绎成了各色各样的故事和传说。人们在街头巷尾、茶余饭后议论和关注的社会热点新闻，都成了唐传奇创作的素材。同时，唐传奇所记述的奇闻，也恰恰迎合了文人和市民阶层嗜奇猎艳的口味和需求。

唐传奇小说的素材大多来源于市井生活

大唐盛世铸传奇，人生百态尽其中

其次，唐传奇的发达又缘于唐王朝政治的开明。唐代科举取士，有很多寒门弟子都梦想"鲤鱼跳龙门"，应试前常常将自己所写的诗文投献给当时的考官来"毛遂自荐"。这类似于现代人在求职之前都要写一封自荐信，有时还要拿出自己的研究成果，请对方鉴赏，以求得到对方的赏识和推荐，这种自荐信在当时被称为"行卷"。如果投出的"自荐信"数日之内石沉大海，便过些天再投，这就是"温卷"。传奇小说在当时常常被当做"行卷"和"温卷"来投献，可见传奇在当时受欢迎的程度。这种投卷风气反过来又刺激了传奇的发展。另一方面，唐朝统治者比较重视文

《唐大典》

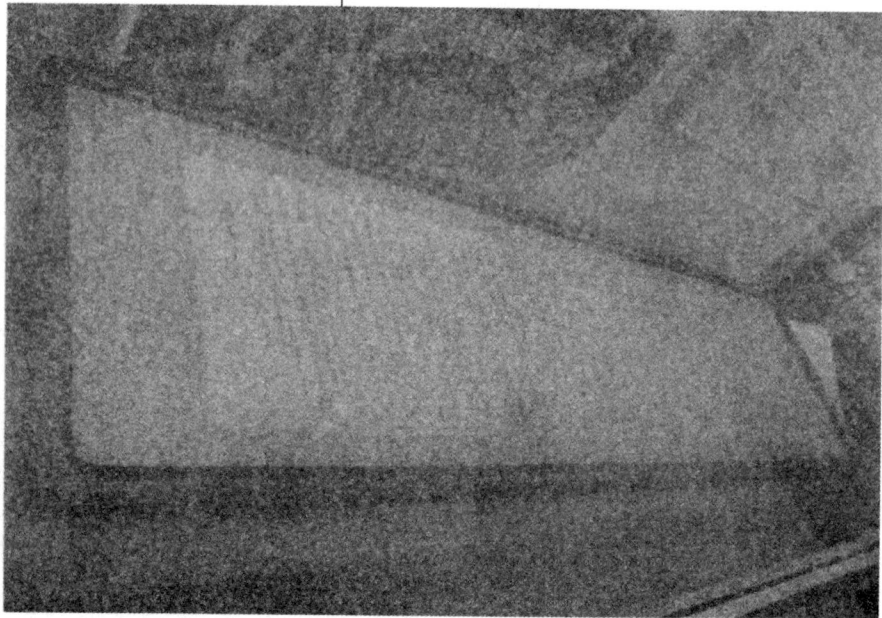

人。唐朝实行科举取士，皇帝希望通过科举考试将天下人才都网罗在自己的身边。曾有传说，唐玄宗看到科举报名时人们争先恐后的样子，非常得意地自言自语："天下文人，朕尽收囊中！"

再次，唐传奇的发展和繁荣与唐代文化艺术的繁荣是分不开的。据史料记载，当时的都城长安，常有成群结对的文人墨客会聚在一起，轻歌曼舞，好不热闹。李白、杜甫、高适、岑参、王勃等人均参与过这类集会。这些文人相聚在一起，少不了吟诗作赋。这在一定程度上又促进了唐代文化艺术的繁荣。而这种繁荣表现在文学形式上，就是唐诗和散文的繁荣。唐诗的写作主要以李白、杜甫为首，唐散文的写作则主要以韩愈、柳宗元为首。众多名家的亲历加盟，令唐朝文学的发展走向了一个高峰，也令中国古代文学的烈焰之火熊熊燃烧。文学是相通的，一种文体的繁荣会带动其他文体的发展。唐代诗歌和散文的高度繁荣，令唐朝文学处在高度亢奋状态，这种状态对唐传奇的创作影响深远。唐代文人的现实主义、浪漫主义情怀，以及丰富多彩的表现方法，对传奇小说的写作起到了良好的启蒙作用。正是因为之前有了诗歌和散文的成功写作，才使

李白是中国古代浪漫主义诗人的代表

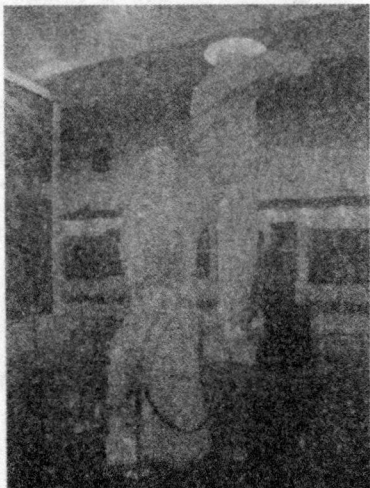

大唐盛世铸传奇，人生百态尽其中

得唐传奇在情节构思和人物设计上有了很大的突破和创新。唐传奇小说经过民间说唱文学的演绎和重塑后变得更加精彩，在一定程度上又促进了这种文学形式的发展。

（二）唐传奇发展的三个时期

科学地认定唐传奇的发展阶段，对我们更好地认识和了解唐传奇，具有重要的意义。关于唐传奇的分期，学术界众说纷纭。其中，京派（以北京为代表的北方文艺理论流派）和海派（以上海为代表的南方文艺理论流派）的说法历来就不一致。但在这个问题上，京派的

诗歌的成功创作使唐传奇小说有了更大的突破

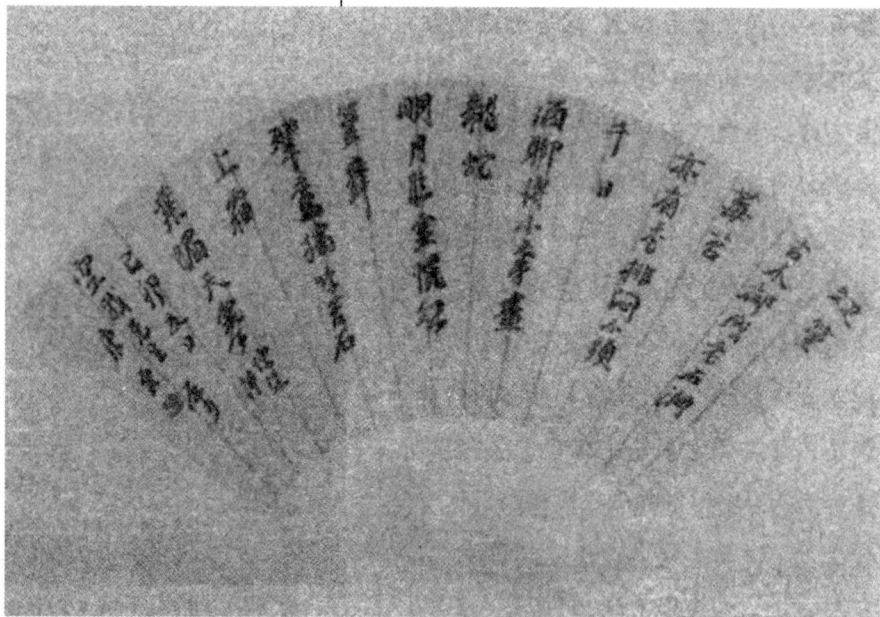

观点比较可信。京派认为唐传奇的发展共经历了三个阶段，分别为初期、兴盛期和衰退期。

唐传奇小说的发展经历了初期、兴盛期和衰退期三个阶段

京派认为初唐、盛唐时代是唐传奇发展的初期。这一时期唐传奇的数量较少，艺术表现也不尽成熟，属于唐传奇发展的萌芽阶段。代表作有王度的《古镜记》、无名氏的《补江总白猿传》、张鷟的《游仙窟》。这一阶段的作品少，内容近于志怪，艺术上也不够成熟，不能代表唐传奇的最高成就。

中唐时代是唐传奇发展的兴盛期。从代宗到宣宗这近一百年间，名家名作层出不穷。很多后来大家耳熟能详的传奇作品，

白居易、元稹等大师的加入将唐传奇小说推向了一个高潮

都出现在中唐时代。中唐可谓是唐传奇发展的高峰期。这种高峰的形成，一方面是小说本身由低级向高级不断演进的结果，另一方面也得益于蓬勃昌盛的各体文学的发展。在这个阶段，唐诗日臻成熟，唐散文也日益完善，二者在思想内容的深度和广度上都比前代有所拓展。很多唐传奇作家的身份本来就是诗人，他们的鼎力加盟，更增添了唐传奇的诗情画意。元稹、白居易等人都参与了唐传奇的创作。这些大师级人物的介入和参与，令唐传奇从初期的发轫，逐渐走向了中期的繁荣。此时期的代表作主要有陈玄佑的《离魂记》、沈既济的《枕中记》、李朝威的《柳毅传》、元稹的《莺莺传》、白行简的《李娃传》、蒋防的《霍小玉传》、陈鸿的《长恨歌传》等。

唐传奇在经历了初期的稚嫩，兴盛期的火爆之后，于晚唐时代步入了衰退期。虽然这一时期传奇在创作的数量上可以取胜，但在思想和艺术成就上却失去了往日的光泽。而且晚唐传奇大多篇幅短小，内容单一。但值得一提的是，这一时期的豪侠传奇得到了很大的发展，使唐传奇的创作领域里又新增了一个题材。杀富济贫，除暴安良，江湖儿女，快意恩仇的传奇作品层出不穷，突出了当时人们坚韧不拔、放荡不羁的行为个性。代表作为杜光庭作的《虬髯客传》。

（三）唐传奇体现的四大主题

唐传奇所反映的社会内容是十分丰富的，后人将其主题定为四个方面：爱情、志怪、豪侠和历史，由此可将唐传奇分为四种，即爱情传奇、志怪传奇、豪侠传奇和历史传奇。

爱情传奇，主要是以爱情为主题的传奇小说，通过对一些爱情喜剧和悲剧的描述，来阐述人生无常、应珍惜真情的道理。不论是思想深度，还是艺术魅

爱情是唐传奇小说的四大主题之一

大唐盛世铸传奇，人生百态尽其中

力，爱情传奇都代表了唐传奇的最高成就。爱情传奇也是当时最脍炙人口的作品。这其中有爱情喜剧，也有爱情悲剧。爱情喜剧的代表作品有白行简的《李娃传》、李朝威的《柳毅传》，爱情悲剧有元稹的《莺莺传》、蒋防的《霍小玉传》。

志怪传奇，是在六朝志怪小说创作的基础上，通过离奇的构思和令人难以置信的想象，来警戒人们不要追名逐利。志怪小说在描绘人生百态的同时，又对官场的黑暗加以抨击，具有一定的现实意义。其中的故事情节往往令人匪夷所思，不能用常理推断，透露着一种神秘感和神怪色彩，因此后人将这类小说定义为志怪传奇，又称神怪传奇。代表作品有沈既济的《枕中记》、李公佐的《南柯太守传》。

豪侠传奇，是以豪侠为主题的传奇小说。这部分小说出现在社会动荡的唐朝末年，通过对豪侠行侠仗义的描写，来反映人性的高尚和权势的卑微，高度赞扬了为民请命者，深刻讽刺了穷奢极欲之徒。因其出现在唐朝末年，揭露了当时的一些社会现实，具有一定的时代意义。代表作品为杜光庭的《虬髯客传》。

豪侠小说出现于社会动荡的唐朝末年

历史传奇小说借古喻今，以达到教育后人的目的

历史传奇，是以历史故事为主题的传奇小说，以陈鸿的《长恨歌传》和《东城父老传》最为著名。这类小说通过描写历史故事，来警策今日，借古喻今，借古讽今，以此来达到教育后人的目的。《长恨歌传》这篇传奇的情节安排和白居易的长诗《长恨歌》差不多，但《长恨歌传》批判性更强。因此，在文学史上具有很高的地位。

现存的大部分唐传奇作品都收录在宋初李昉、扈蒙等人编的《太平广记》一书里。关于具体作品的具体内容，笔者会在后面的论述中逐一分析。

二　香消玉殒薄命女，
背信弃义负心郎

相聚和别离是唐传奇小说着重刻画的两大爱情主题

爱情历来是中国文人津津乐道的创作主题，从古至今，一直如此。在文学史上，上自先秦，下至明清，诗词歌赋，骈散妙文，各种体裁中都不乏描写爱情的力作。《诗经》、《楚辞》、汉乐府、汉赋、唐诗、宋词、元曲、明清小说等诸多体裁都在这一领域有所尝试，并取得了丰硕的成果。

两情相依、如胶似漆是恋爱中的人最美好的愿望，但人世间的离恨别愁也同样令人刻骨铭心。唐传奇在表现这两大爱情主题上建立了不朽的功勋。

（一）爱情喜剧传奇

以爱情喜剧为主题的传奇小说，大多出现在中唐时期。这一时期的唐传奇，在思想深度和艺术魅力上，都代表了唐传奇的最高水平。这些经典的爱情喜剧传奇，铸就了中唐传奇的黄金时代，也为唐传奇向纵深方向发展奠定了坚实的基础。这类作品主要揭露了当时封建婚姻制度的残酷，表达了对下层妇女悲惨命运和不幸遭遇的同情，歌颂了她们为争取幸福而进行的反抗和斗争，最终以大团圆结尾。爱情喜剧的代表作有《李娃传》《柳毅传》等。

以爱情喜剧主题正式进入文学史视

倩娘与王宙一同坐船前往蜀地共同生活

野的传奇作品是陈玄佑的《离魂记》。这部传奇也是唐传奇步入兴盛期的标志性作品。它脱胎于南朝刘义庆所编《幽明录》中的《石氏女》，篇幅较《石氏女》约长出一倍。《离魂记》主要描写了民女张倩娘与表兄王宙从小相爱，而倩娘的父亲张镒也常说将来要将倩娘嫁与王宙。但二人长大成人后，张镒却又将倩娘另许他人。倩娘因此抑郁成病，王宙也借故离开了家乡，与倩娘诀别，赶赴长安。不料倩娘半夜追到王宙出行的船上，并和他一起来到了蜀地，同居了五年，并生有两个儿子。后来倩娘思念父母，与王宙一起回家探望。王宙等人先赶到张镒家中，说起倩娘私奔

香消玉殒薄命女，背信弃义负心郎

之事，才知道倩娘一直卧病在家，从未出门！这时，王宙才恍然大悟，原来出奔的是倩娘的离魂。最后两个倩娘相会，合为一体，故事以大团圆结局。本篇以离奇怪诞的情节，反映了当时青年男女要求婚姻自由的愿望，歌颂了他们反抗封建礼教的斗争，具有典型意义。

《离魂记》虽仍属于短小的志怪之作，但却突出了对爱情主题的描写，文法和修辞也非常优美。它的出现预示着唐传奇突出重围，杀出了一条爱情之路，预示着大量爱情小说即将出现。《离魂记》的故事内容被后世的很多作家效仿，元代郑光祖的《倩女离魂》杂剧即由此

《倩女离魂》取材于唐人小说陈玄佑《离魂记》

昆剧《牡丹亭》剧照

而来，明代大剧作家汤显祖的《牡丹亭》也脱胎于此。

《离魂记》出现之后，唐传奇的情爱之作便大肆地发展起来，其中最引人注目的当属白行简的《李娃传》和李朝威的《柳毅传》。

1. 白行简与《李娃传》

白行简（775—826 年），字知退，小字阿怜，下邽（今陕西渭南东北）人。祖籍太原，生于新郑（今隶属河南）。他是唐代大诗人白居易的弟弟。元和二年（807 年）进士及第，被授予秘书省校书郎一职，其兄白居易也曾担任此职。元

白行简曾和大诗人杜甫位居同一官职

和十五年（820年），入朝为官，官拜左拾遗，和大诗人杜甫是同一官职。之后的几年中，他曾先后担任司门员外郎、主客员外郎、代韦词判度支案、主客郎中等职务。白行简于宝历元年（826年）冬病逝。他病逝后，白居易特意写了一篇《祭郎中弟文》，诉说了兄弟二人的手足深情，感人肺腑，催人泪下。《旧唐书》中有对白行简的评价："行简文笔有兄风，辞赋尤称精密，文士皆师法之。"白行简一生当中尤其擅长撰写传奇，其作品除《李娃传》外，还有《三梦记》，也是唐传奇中的名篇。

《李娃传》取材于当时的一种"说

话"（一种讲故事的艺术）《一枝花》。因女主人公李娃后被封为"汧国夫人"，所以《李娃传》又名《汧国夫人传》。这是一个十分动人的爱情故事。

故事的情节是：常州刺史荣阳公之子郑生实年二十上下，恰是风度翩翩的年龄。其父荣阳公对自己这位俊朗而又多才的儿子格外器重，指望其兴家兴业，大有作为，常称之为"家里的千里驹"。就在这一年，郑生进京赶考，父亲为其准备了充足的盘缠，郑生也踌躇满志地来到了京城。在京城的某一天，郑生在访友途中，偶遇身为青楼女子的李娃。风姿绰约的李娃顿时令青年才俊郑生一

郑生在京城与李娃一见钟情

香消玉殒薄命女，背信弃义负心郎

见钟情。自从相遇之日起，郑生就怅然若失，对李娃日思夜想。数日之后，郑生终于按捺不住内心的渴望，自报家门与李娃相见，没想到李娃对他也是一见难忘。二人感情迅速升温，很快便在青楼开始了同居生活。然而，青楼毕竟是个永远也填不满的无底洞，没过多久，郑生便将钱财全部挥霍。甚至连随行车驾和家童也变卖一空。不到一年，郑生就沦落成一文不名的穷书生。渐渐地，鸨母对他的态度越来越冷淡。虽然李娃对郑生情深意重，但迫于无奈，只好委曲求全地听从鸨母的安排，用计策将郑生扫地出门。自幼家境优越的郑生从未受过此种侮辱，他陷入了深深的痛苦之中，并渐渐表现出一种惶惑疯狂的状态，疾病也随之而来。在生命危在旦夕之时，他不得不委身于凶肆（古代殡仪馆），从事殡葬礼仪的工作，以唱挽歌作为谋生手段。郑生本来就聪明绝顶，才华横溢，再加之他经历了人生中的大喜大悲，因而将哀婉之歌唱得十分动人，很快他就红遍长安。但不幸的是，他唱挽歌的身份不久便被其父荥阳公发觉。荥阳公万万没想到自己寄予厚望的儿子竟沦落到如此地步，真是有辱家门。在盛怒之下，他竟然将儿子鞭打得昏死过去，幸亏郑

郑生的境遇变得愈加悲惨

生在殡葬馆的朋友及时将他救活。身上鞭伤深重的郑生惨不忍睹，最终衣衫褴褛的他只好靠乞讨为生。从荣华富贵到沿街乞讨，从富家公子到路边乞丐，郑生真正经历了人生的大起大落，其境遇相当悲惨。

又一个冬天来临的时候，郑生冒雪乞食，凄苦的求告声催人泪下。他不知不觉竟来到了李娃的门前。昔日旧情人相见，郑生想到自己的苦楚，百感交集，一时气往上涌，差点昏厥过去。李娃将其救起，想到是自己过去对郑生的欺骗才害得郑生如此悲惨，她失声恸哭。哭声惊动了鸨母，她又想将郑生赶走。李

郑生雪夜乞食的惨境终于唤醒了李娃的良知

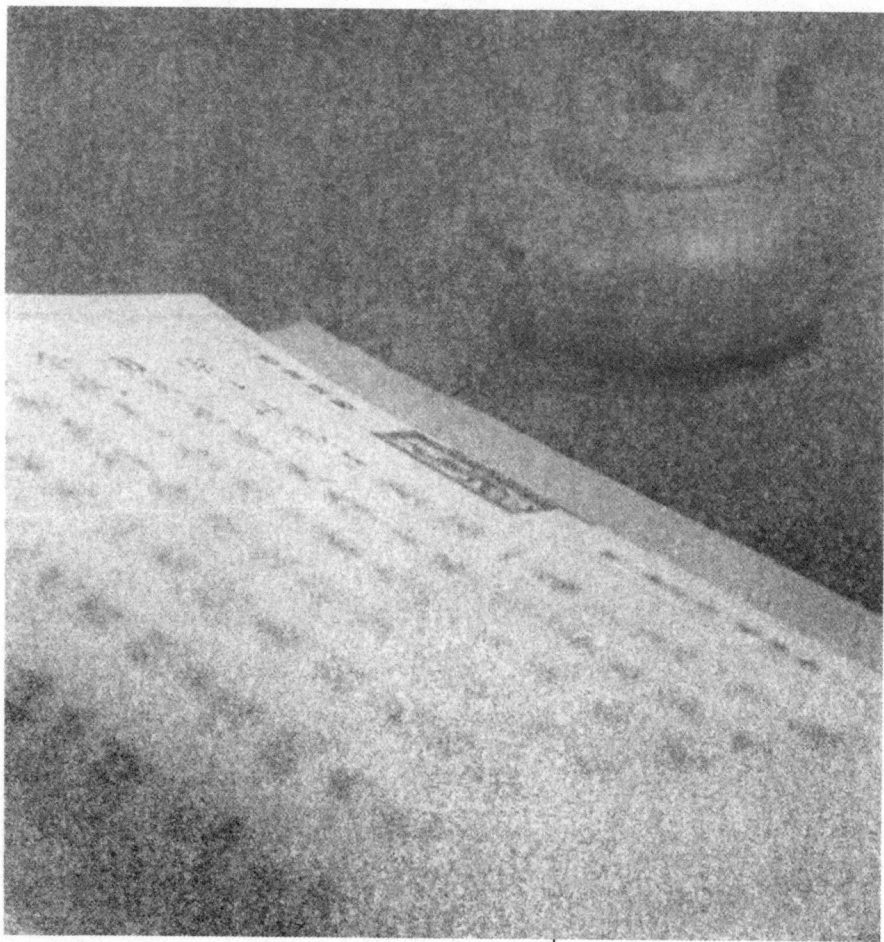

李娃常伴郑生苦读到深夜

娃坚决不允，并自赎其身。她要和郑生另觅他处，照顾郑生的生活，以此来赎罪。从此，二人琴瑟和鸣，恩爱有加。一年后，郑生的身体已完全康复。他排除一切杂念，夜以继日地读书准备科考。李娃常常伴读到深夜。红烛为伴，红袖添香是所有中国文人的理想之事，郑生在这一刻得到了莫大的幸福。功夫不负有心人，

郑生与李娃终成眷属

郑生历尽千辛万苦，终于高中状元，后来李娃也被封为汧国夫人。在这漫长的求学道路上，郑生终于实现了自己多年的夙愿，这一切都与李娃对他的扶助息息相关。

李娃全心全意爱着郑生，爱情的力量令这位出身并不光彩的女人有着超然的力量和气度。因为爱，她拯救奄奄一息的郑生，并照顾他的生活，帮助他成就学业；因为爱，她在郑生高中之后，却主动提出与他分手，请他另娶名门闺秀，不让自己的身份妨碍他的前途。但患难见真情，郑生最终还是选择了她。郑生父子也得以相认，在郑父的支持下，两人最终结为夫妻。婚后的李娃治家严谨，孝顺公婆。郑生父母去世后，李娃的孝道令天地为之动容。在李娃守孝的草房上，长出了一穗罕见的三花灵芝草，并有几十只吉祥的白燕在草房上筑巢。皇帝得知此事后，更加重视郑生。他连任高官，其四个儿子最终也做了大官，一门显贵，无人能及。从娼女到汧国夫人，从流落街头的书生到朝廷高官，李娃和郑生的爱情最终得到了完满的结局。

作为传奇小说，《李娃传》在唐传奇的发展史上，留下了光辉的一页。《李娃传》中对善良人性的歌颂和对丑恶人性的揭露，都达到了相当高的程度。李娃的迷途知返，郑生的苦尽甘来都给人留下了深刻的印象，千百年来，《李娃传》为世人传颂。

2. 李朝威与《柳毅传》

李朝威（约 766—820 年），陇西（今陕西陇西）人，李朝威生前的事迹已不可考。他的作品仅存《柳毅传》和《柳参军传》两篇。鲁迅在其《中国小说史略》中说："唐人传奇留遗不少，而后来煊赫如是者，唯《莺莺传》及李朝威《柳毅传书》而已。"其中《莺莺传》是元稹的作品，《柳毅传书》就是我们通常所说的《柳毅传》。

《柳毅传》插图

香消玉殒薄命女，背信弃义负心郎

鲁迅先生对《柳毅传》的评价很高

《柳毅传》雕塑

故事将读者带入如梦似幻的仙境中

鲁迅先生把《柳毅传》与元稹的《莺莺传》相提并论，可见《柳毅传》艺术成就之高，影响之深远。也正因如此，李朝威被后人誉为传奇小说的开山鼻祖，且与当时的李公佐、李复言并称为中国文学史上的"陇西三李"，在当时颇负盛名。

《柳毅传》给我们讲述了一个完美的爱情故事。鲁迅在《中国小说史略》中对其给予了高度的评价。作品描述了一位见义勇为的书生与落难的龙女之间的传奇爱情。作者通过生动的人物语言、精湛的奇思妙想将读者带入仙境，颇具浪漫色彩，足可称之为一部色彩斑斓的浪漫主义小说。

故事的情节是：唐代仪凤年间，书生柳毅参加科举考试未中，在返乡途中，路过泾阳，结识了一位美丽女子。该女子向其透露她原本是洞庭龙王的小女儿，由父母作主将其许配给了泾川龙王之子为妻，但她婚后竟受到丈夫的百般厌弃和公婆的虐待，甚至到了被罚牧羊的地步。她想请柳毅替她捎信给父母来解救自己。龙女伤心的哭诉令柳毅顿生怜惜之情，他慨然应允龙女的请求，并保证一定帮她脱离苦海。

柳毅回到家乡后，马上去洞庭湖拜访。他按照龙女教他的方法叩开了龙宫的大门。在此处，作者对龙宫的环境加

洞庭湖畔

以描写：柱子由白玉铸成，台阶用青玉铺砌，帘子上布满水晶，翠玉的门槛上还镶嵌着琉璃，屋梁用琥珀装饰。人世间的奇珍异宝尽在龙宫，让柳毅大开了眼界。不多时，龙女的父亲洞庭君出来见他，柳毅便将龙女托付之事说与他听，并将书信奉上。顿时，宫内宫外的人都为龙女的悲惨遭遇流下了眼泪。这时，龙女的叔父钱塘君出现了，他身长千余尺。钱塘君的威猛和闪电般的出场，吓得柳毅扑倒在地。随后，洞庭君大摆宴席，答谢柳毅。饮酒期间，钱塘君便将龙女救了回来。此刻的龙女真是国色天香、风姿绰约。钱塘君十分感谢柳毅的仗义相助，挽留他在龙宫居住，并提议要将龙女许配给柳毅做妻子。但由于钱塘君言语傲慢，柳毅严词拒绝了他的提议，毅然离开了龙宫。柳毅回到家中后，变卖了龙宫送给他的珍宝，很快便成为了当地的富翁。他先后娶了两任妻子，但两任妻子都不幸病故了。后来，经人介绍认识了贤良淑德的卢氏，他觉得卢氏长得很像龙女，便和她谈起从前之事，但卢氏一直否认。直到一年后，卢氏为柳毅顺利地生下一个儿子。在孩子满月后，卢氏才告诉柳毅自己的真实身份，其实，她就是龙女。原来，柳毅在龙宫

柳毅回到了家乡，过着平凡的生活

香消玉殒薄命女，背信弃义负心郎

柳毅在小龙女的帮助下也位列仙班

里拒绝亲事之后，龙女的父亲又想将其嫁给濯锦江龙王的小儿子，但龙女坚决不从，剪掉头发闭门不出，以表决心。此时的柳毅刚刚经历了丧妻之痛，龙女便化身为卢氏，与柳毅成亲。她告诉柳毅，只要能和他在一起，相亲相爱一辈子，她死而无憾。从此，他们开始了幸福美满的生活。后来，柳毅在龙女的帮助下也位列仙班。

这篇充满了奇异幻想的传奇故事，是作者丰富的想象力和创造力的浓缩。曲折的故事情节恰恰契合了中唐时期的社会现实和人们的情感需要，它那无穷的艺术魅力深深地吸引着我们。

首先，作者塑造了一系列个性鲜明、栩栩如生的人物形象：仗义相助，正直勇敢的柳毅；美丽善良，真诚多情的龙女；刚勇暴烈、粗犷鲁莽的钱塘君；和蔼可亲、仁厚持重的洞庭君等等，每一个人物形象都血肉丰满，充满着生命力。

其次，作者对故事情节的安排独具匠心，极尽曲折而又不乏巧妙，神奇但不荒诞，出人意料之外，却又在情理之中。小说开篇就写柳毅路过泾阳，偶遇牧羊的龙女。龙女托他捎信，并告诉他进入龙宫的方法，这已带有神奇的色彩。等到钱塘君出场之时，更是风驰电掣。钱塘君傲慢逼婚，又令柳毅觉得受到了人格上的侮辱，因此他选择严词拒绝，这是本故事一个重大的转折点。尽管柳毅与龙女分别之时，已见龙女有依依不舍的神色，自己也萌生遗憾之意。但他还是不畏权贵，宁愿舍弃美丽的龙女，也要坚守自己的人格，这是非常值得称道之处，也是本故事的一个亮点。试问多少人能禁得住金钱的诱惑，又有多少人能为了人格舍弃爱情和富贵，柳毅在这里给我们作出了惊人的回答。故事结尾处，安排了柳毅和龙女大团圆的结局，体现了作者对

《柳毅传》充满了神秘的色彩

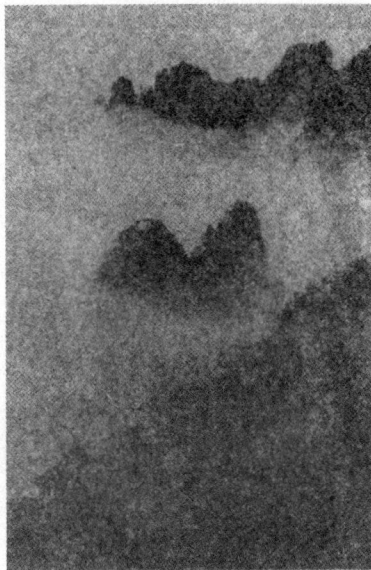

香消玉殒薄命女，背信弃义负心郎

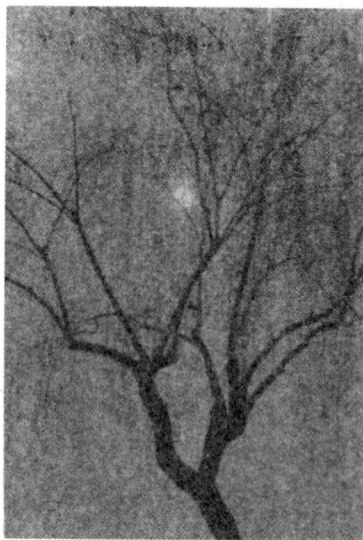

多情自古伤离别，更哪堪冷落清秋节

美好生活的渴望。

再次，作者运用了独特的表现手法，首尾呼应，引人入胜，制造悬念，契合了读者的阅读心理，激发了读者的阅读欲望，而且还通过细节描写来突出人物形象，表现人物性格，营造了一种情景结合的氛围，产生了巨大的艺术感染力。

千百年来，《柳毅传》这个故事被改编成了各种杂曲话本。这个诞生于中唐时期的传奇小说，代表了我国唐代小说的最高成就。

（二）爱情悲剧传奇

柳永有词云："多情自古伤离别，更哪堪冷落清秋节。"元稹有诗云："问世间情为何物，直教人生死相许。"美满爱情和大团圆结局固然是人们心目中美好的愿望，但造化弄人，爱情在现实生活中常常伴随着感伤。这种悲剧的爱情往往更能令人刻骨铭心，乃至使人为其付出青春甚至生命。这样的题材在唐传奇中也不乏名篇力作，至今仍能给世人以警醒。

1. 元稹与《莺莺传》

元稹（779—831年），唐代著名文学家，字微之，别字威明，河南（今河南洛阳）人。贞元九年（793年）及第，后暴

"曾经沧海难为水，除却巫山不是云"至今仍是男女相爱的誓言

疾卒于武昌军节度使任所。元稹的创作，以诗的成就为最大。他与白居易齐名，并称"元白"，二人同为新乐府运动的倡导者。元稹才华横溢，文学成就斐然。他写的《离思》一诗名垂青史，道出了爱情的真谛，为世代传诵：

曾经沧海难为水，除却巫山不是云。

取次花丛懒回顾，半缘修道半缘君。

元稹的诗感情充沛，感人肺腑。尤其是"曾经沧海难为水，除却巫山不是云"一句，更是成为痴男怨女们相爱相守的誓言。但他的才华不单体现在诗歌创作上，也体现在传奇创作上。真是"满腹才华关不住，一代传奇呼啸来"。他创作的《莺莺传》不但在当时享誉盛名，而且还成为后世作家模仿的佳作。金代董解元《西厢记诸宫调》和元代王实甫（西厢记）杂剧的素材均来源于此，只是改变了结局。

根据卞孝萱教授《元稹年谱》的考证，《莺莺传》的创作时间应当是贞元二十年（804年）。此时的唐朝经历了安史之乱的罹难，国势日渐衰微。

《莺莺传》讲述的是张生始乱终弃的故事。崔莺莺与其母郑氏在一次兵乱当中，为张生所救。郑氏与张生本就有亲戚关系，因此郑氏决定设宴答谢张生的救命之恩。怎想张生见到如花似玉的莺

元稹像

香消玉殒薄命女，背信弃义负心郎

莺莺与张生幽会，张生却迟迟不提婚事

莺小姐后，一见钟情，不能自持，便想通过莺莺的丫鬟红娘，与莺莺私通。小丫鬟一心想让他明媒正娶自己家的小姐，张生却说自己爱得太深，已无法忍受长时间的等待。后来，莺莺果然与他幽会，幽会之时，张生便向她打听其母的态度。莺莺坦诚相告，郑氏并未坚决反对。随后，郑氏打算让二人完婚，但张生却迟迟不肯遣人说媒，最后竟然将莺莺抛弃。可见，张生本来就是贪图莺莺的美貌，意图玩弄，甚至霸占。当红娘提出明媒正娶的建议时，他说，如再过"三数月"就要"索我于枯鱼之肆"，其言语表达了他当时是却迟迟不肯遣人说亲。对此，

莺莺一忍再忍。张生前后的言行不一和莺莺之后的种种表现，体现了当时唐代门阀制度的残酷和妇女地位的低下。孤儿寡母寄人篱下，只能任人宰割，无法反抗。寒门女子无法与士族通婚，这反映了唐代社会不平等的婚姻制度和对妇女的摧残。

莹莹母女寄人篱下、处境艰难

此故事的经典之处在于对女主人公崔莺莺的描写，她第一次与张生见面是迫于母命。文中是这样表现她当时的情态的：

久之乃至，常服悴容，不加新饰，垂鬟接黛，双脸销红而已。颜色艳异，光辉动人。

作者将莺莺的美丽与羞愧之态结合得天衣无缝，语言生动，异彩纷呈。而在张生将要遗弃她时，文中又是这样写的：

崔已因之将决矣，恭貌怡声，徐谓张曰："始乱之，终弃之，固其宜矣。愚不敢恨。必也君乱之，君终之，君之惠也。则设身之誓，其有终矣，又何必深感于此行？然而君既不怿，无以奉宁。君常谓我善鼓琴，向时羞颜，所不能及；今且往矣，既君此诚。"因命抚琴。鼓《霓裳羽衣序》，不数声，哀音怨乱。不复知其是曲也。左右皆歔欷，崔亦遽止之，投琴，泣下流连，趋归郑所，遂不复至。

这一段文字深切地表现了莺莺的痛

莺莺悲从中来，扶琴泣涕

莺莺最终被负心人抛弃

唐传奇小说犹如一扇窗，通过它可以了解唐代的风俗民情

香消玉殒薄命女，背信弃义负心郎

《莺莺传》反映了封建社会对女子的禁锢和不公

苦。在她柔弱的外表下掩藏着无比的伤痛，同时文章也显现出她对张生的挚爱与不舍。如果进一步地挖掘语言，我们不难发现，在莺莺的柔顺里，隐藏着当时社会对家庭中地位卑微女子的压迫和不公。

故事的后半部分还附着了一封莺莺写给张生的书信，显示了莺莺过人的才华：

倘仁人用心，俯遂幽劣，虽死之日，犹生之年。如或达士略情，舍小从大，以先配为丑行，谓要盟之可欺。则当骨化形销，丹诚不泯；因风委露，犹托清尘。存没之诚，言尽于此；临纸呜咽，情不能申。千万珍重！珍重千万！玉环一枚，是儿婴年所弄，寄充君子下体所佩。玉取其坚润不渝，环取其终始不绝。兼乱丝一绚，文竹茶碾子一枚。此数物不足见珍，意者欲君子如玉之真，弊志如环不解，泪痕在竹，愁绪萦丝，因物达情，永以为好耳。心迩身退，拜会无期，幽愤所钟，千里神合。千万珍重！春风多厉，强饭为嘉。慎言自保，无以鄙为深念……

此段文字优美，感情充沛。据很多作家分析，莺莺的原型便是元稹爱恋过的一位才女，而这封信就是出自那位才女的手

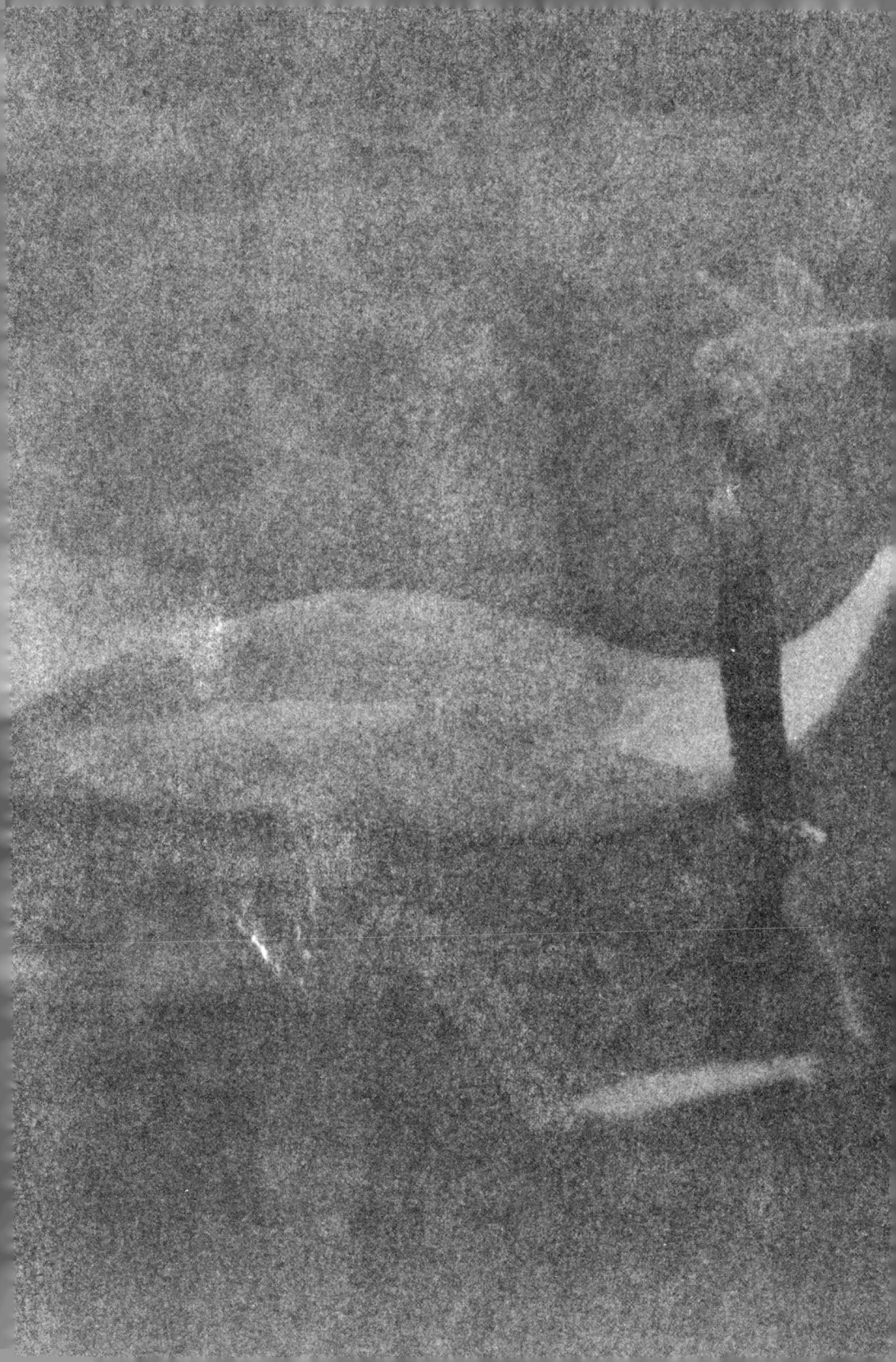

笔。莺莺追求爱情的失败，也反映了那一时期知识女性在追求爱情的道路上所经历的坎坷和艰辛。《莺莺传》之所以能感动我们，正是由于文中出现了这样一位敢爱敢恨、敢于承担责任、才华横溢而又命运多艰的女子。

2. 蒋防与《霍小玉传》

蒋防（约792年—?)，字子微，义兴（今贵州义兴）人。曾任右拾遗，翰林学士，中书舍人。《霍小玉传》是其代表作，创作于宝历、太和年间（825—827年）。故事情节是这样的：

大历年间，陇西有个叫李益的书生，20岁，考中了进士。他常常夸耀自己文

爱情像美丽的花朵在李、霍二人心中悄悄绽放

采风流，希望得到佳偶。他四处寻求名妓，很久未能如愿。终有一日经长安一姓鲍的媒婆介绍，认识了年轻貌美的霍小玉。两人一见如故，彼此对对方都很满意。

但霍小玉深知自己本是娼妓出身，不能与李益相配。只怕一旦年老色衰，就会像秋天的扇子一样被抛弃。李益为打消她的念头，对小玉发誓：即使粉身碎骨，也绝不丢开她，并拿出白绢，写下了终身相守的誓言。李益一向富有才思，提笔就能写出文章，他引用山河作比喻，表示了诚心，句句恳切。看了这些话，霍小玉非常感动。就这样，他们在一起生活了两年，在这两年当中，二人日夜相随。后来，李

霍小玉担心自己人老珠黄时像秋天的扇子一样被抛弃

香消玉殒薄命女，背信弃义负心郎

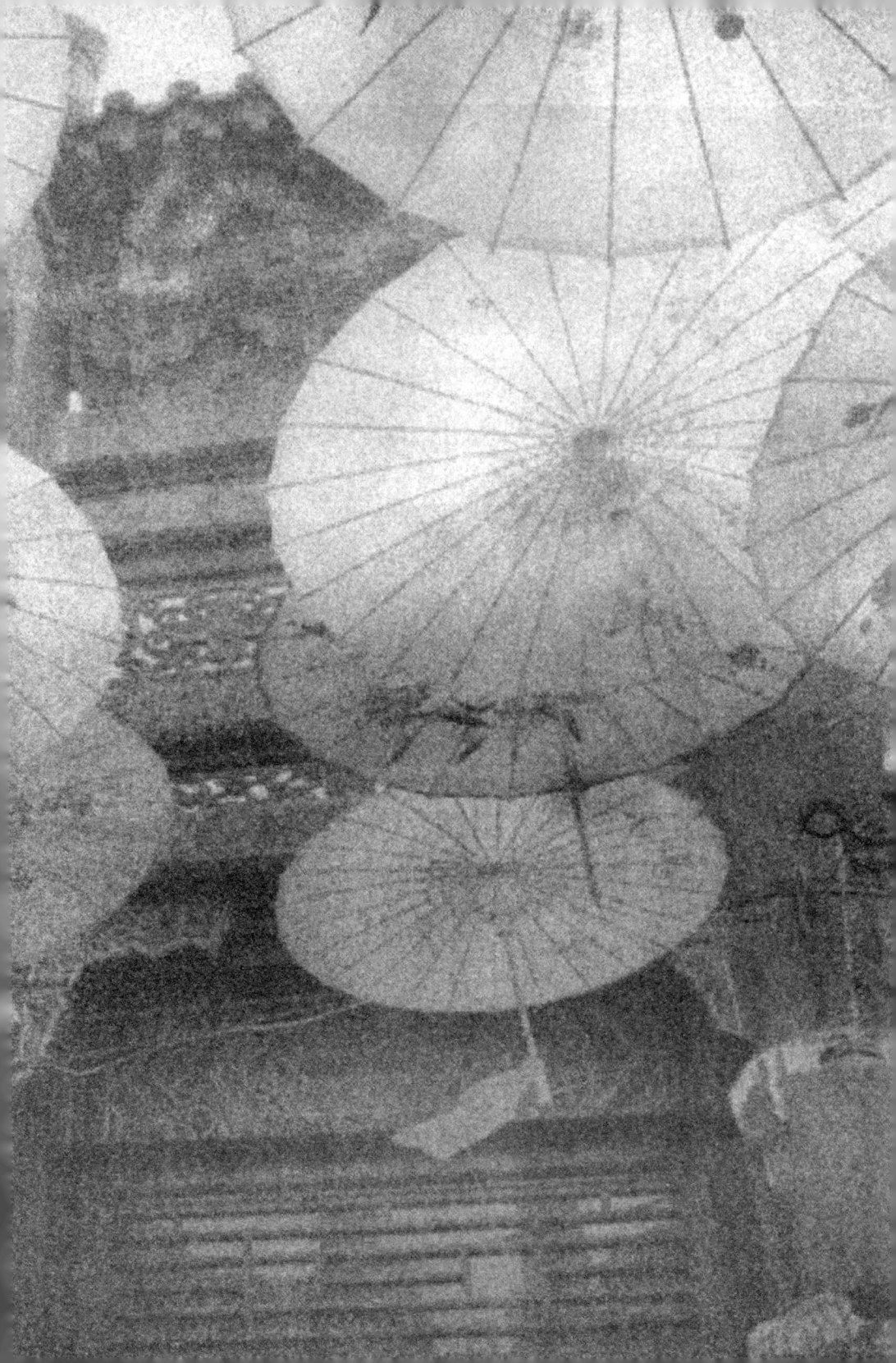

李益考取了功名便将旧情淡忘

益因为科举考试成绩好，被授予郑县主簿的官职。到了四月，将要去上任，顺便到东都洛阳探亲报喜。霍小玉已料到他此去长安，多有变故。但李益一直表示，一定与小玉终身相守，至死不渝！

回到家中，一切都改变了。李益不得不听从母命而迎娶了一位卢姓的小姐。此时的小玉还在望穿秋水，等待着情郎。李益因自己背弃盟约，便拖延回去的期限，并且远托亲戚朋友，不让泄露此事。小玉屡次打听李益的音信均没有结果。从此，小玉的生活逐渐穷困潦倒，变卖了家财也难以维持生计。最后她染病在床，痛苦不堪。

李益自知拖延归期违背了誓言，又得知小玉病重，惭愧不已，索性狠心割爱，始终不肯前去与她相见。小玉日夜哭泣，茶饭不思，一心想见李益一面，竟没有任何机会。冤苦悲愤越来越深，

小玉日夜思念李益，痛苦不堪

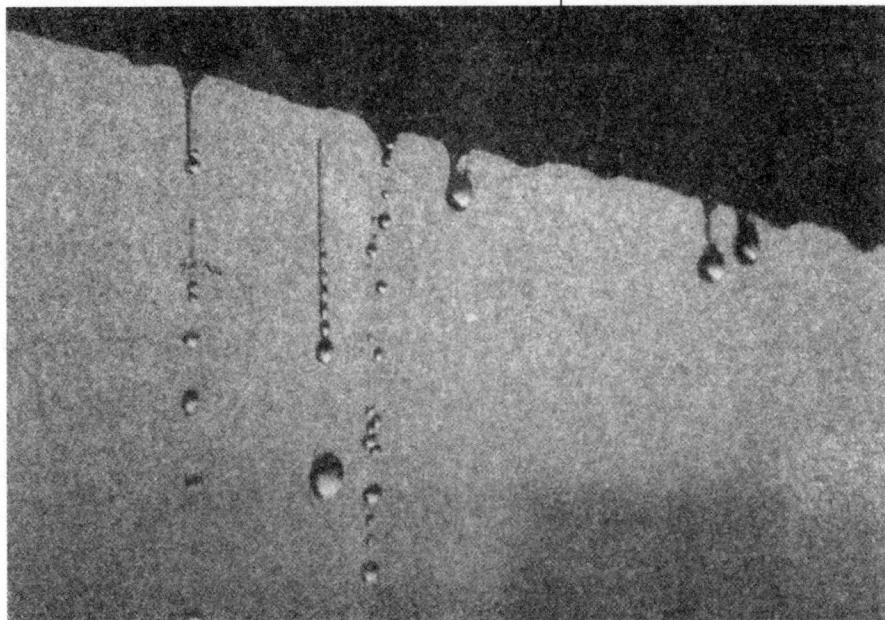

香消玉殒薄命女，背信弃义负心郎

二人再次相见，却没有了丝毫的恩爱

她困顿地病倒在床上。长安城中逐渐有人知道了李益与霍小玉之间的这段情事。风流人士与豪杰侠客，无不感叹霍小玉的多情，愤恨李益的薄幸。终有一日，一位豪侠用计策将李益骗到小玉的家中。霍小玉缠绵病榻日久，突然听说李益来了，飞快地起床，换好了衣服走出去，好像有神助似的。她控诉了李益一番话：

玉沈绵日久，转侧须人。忽闻生来，倏然自起，更衣而出，恍若有神。遂与生相见，含怒凝视，不复有言。羸质娇姿，如不胜致，时负掩袂，返顾李生。感物伤人，坐皆欷歔……

这段文字充分地体现了小玉的悲愤和刚烈，亦刚亦柔，感天动地。她悲痛欲绝，但内心却掩饰不住对李益的深情。虽病入膏肓，见到李益后还能强打精神，起身相见。她不愿将自己的柔弱暴露于负心人面前，所以一面流泪，一面转过头去拭泪。真个凄凄惨惨戚戚！绝情郎在前，最难将息。等到坐定之后，她又说道：

我为女子，薄命如斯；君是丈夫，负心若此。……徽痛黄泉，皆君所致。李君李君，今当永诀。我死之后，必为厉鬼，使君妻妾，终日不安……

说完这番话之后，她左手握住李益的

手臂，将杯子摔于地上，恸哭数声而死。这一系列的动作发泄了小玉无比的愤怒，临终前的她毫不掩饰自己的悲痛，这种长恸号哭充溢着小玉的刚烈之气。在这里，我们可以较明显地感觉到小玉与莺莺之间的区别。小玉在面对负心人的抛弃时，宁为玉碎不为瓦全，用死亡来结束一段错误的恋情。

小玉死后，李益的精神受到了沉重的打击，他开始精神恍惚，行为怪异，娶妻三次，但他的婚姻却都因他的猜忌而不得善终。

李益的行为固然可恨，但如果不是受其母的威逼利诱，也许他和小玉也会

小玉悲愤地摔碎了手中的杯子，并以死来控诉李益的薄情

香消玉殒薄命女，背信弃义负心郎

封建社会对人性的压迫是造成李、霍爱情悲剧的原因之一

善始善终。他本意不想辜负小玉，但客观上，他给小玉造成了致命的伤害和打击。定亲后一味逃避的态度给小玉增加了无限的痛苦，以致稚年早逝。所以，李益的罪责不容宽恕。但在小玉不幸亡故之后，李益也悲痛不已，日夜哭泣。这也绝非是虚伪的表现，体现出了人物性格的复杂性。这种对人性的剖析超越了时代，超越了作品，具有非常重要的文化内涵。

直到今天，我们在分析一部作品的时候，不能单纯地把人物分成好人和坏人、善良的人和丑恶的人，而要把具体的人和事放在具体的历史背景之下去分析，这才是具有人性化的解读。李益的背叛绝不仅仅是他个人的原因，而是那个时代制造的悲剧。封建社会的残酷不仅在于阶级之间的压迫，更在于对人性的压迫，很多人没有追求爱情和婚姻的权利，甚至没有生存的权利，这是何等的惨烈。

痴心女子、仗义男子和薄命女子、负心郎君共同构筑了中唐传奇史上的一道长城，也为我们留下了宝贵的文化遗产，使我们在津津乐道唐诗之时，也会想起那一个个让我们感动、回味的爱情故事。

三　谁人一梦犹未醒，
何处功名了无踪

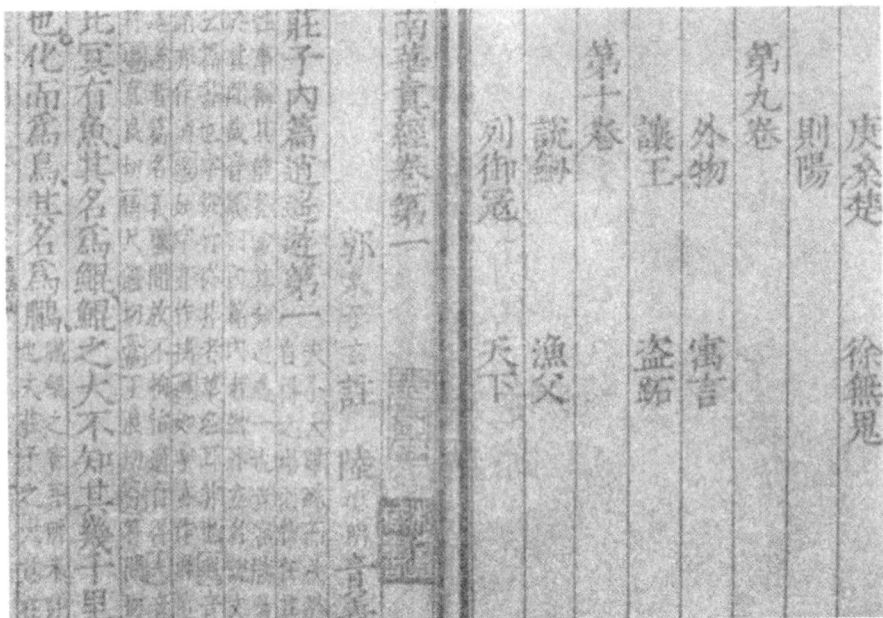

"小说"一词最早出现于《庄子》

中国最早的志怪小说出现在汉魏六朝时期，而"小说"一词则最早出现在《庄子》一书中。前文所提到的都是爱情主题的传奇小说。下面要谈的是唐传奇中的又一大主题：志怪。

所谓志怪，就是记载奇闻怪事。这类文字，早在先秦两汉时就已经产生。那时候，出现了一系列关于这方面的著作，比如《山海经》《神异记》《十洲记》《神仙传》等都出现于先秦两汉时期。一提到先秦文学，就会想到先秦散文，一提到两汉文学，就会想到汉赋和汉乐府。事实上，那一时期已经出现了小说的萌芽。但在当时还没有形成一定的规模。从事这方面写作的人数量有限，影响也有限。魏晋六朝以后，这类著作徒然增加，四百年间，出现了数十部值得称道的作品。志怪传奇的作者也多是饱学之士，因而作品质量较之前代有很大提高。志怪传奇的主要代表作品有《幽明录》《冤魂志》《拾遗记》《初学记》《搜神记》等等。

唐传奇中涉及志怪的作品多是受了六朝志怪小说的影响而发展，而又在唐朝特定的历史条件下，有自己的创新。代表作品是沈既济的《枕中记》和李朝威的《南柯太守传》。

1. 沈既济与《枕中记》

沈既济（750—800年），苏州吴（今江苏吴县）人。他自幼喜好读书，精通经史子集，擅长写作小说。大历年间被委任为协律郎。曾上书改革选举制度，建议皇帝选拔德才兼备、具有真才实学的人才为官。德宗初年，受宰相杨炎的大力举荐，担任左拾遗一职，并负责史书的修订。他充分地发挥了自己在史学方面的才能，为唐王朝的历史修订工作付出了坚实的努力，并对史学的发展起到了推动作用。后来沈既济因杨炎被贬而受到牵连，被贬异地。不久，他又调入长安，官至礼部员外郎。历尽官场

沈既济自幼爱好读书，擅长写作

谁人一梦犹未醒，何处功名了无踪

沉浮，他对世态炎凉早已看破。他所经历的时代，刚刚经历了安史之乱的洗礼，官场黑暗，党争此起彼伏，社会上一些人更加疯狂地热衷于追名逐利。"中进士、通过迎娶名门之女而跻身上流社会"成为很多人梦寐以求的理想，怎奈宦海明争暗斗、暗礁横生，又有几人能够处乱不惊；人生百转千回、雾里看花，又有几人能够柳暗花明，到头来恐怕只是一场梦。沈既济就是根据这种社会现实，创作了志怪传奇《枕中记》。当然，文中有很大一部分是借鉴了干宝的《搜神记》和刘义庆的《世说新语》。很多唐传奇中的内容都是借鉴了汉魏六朝的文学成果才得以成书。《枕中记》就是其中之一。

《枕中记》寥寥千余字，却为我们讲述了一个发人深省的志怪故事。

出身寒门、但却向往功名的落泊书生卢生，在客栈偶遇一道士，唤名吕翁。二人一见如故，卢生很快向其袒露了自己欲求功名而不得的苦闷和怀才不遇的悲苦。道士随即给了他一个青瓷枕头，卢生躺在上面，很快便昏昏睡去了。他进入了神奇的梦境。先是娶了富家女为妻，又考中了进士，入朝为官，最后官至宰相，真乃一人之下，万人之上，人

卢生头枕青瓷枕，在梦中享尽荣华富贵

间的荣华富贵享用不尽。一生荣华，颇
受皇帝器重的他死在皇帝允许他告老还
乡的那个夜里，一切都尘归尘、土归土。
梦中的卢生历尽波折，三起三落，大富
大贵，生活奢侈到极点，最终却也免不
了一死，只剩下身后的一杯黄土与他日
夜相伴。而现实中的卢生只是打了一个
盹儿。醒来后，他伸了一个懒腰，发现
自己还躺在客栈里。他向店家讨要的黄
米饭还在锅里没有煮熟。他疑惑地自言
自语："难道刚才只是一场梦？"道士
在他身旁感慨地说："人生不过如此
啊！"一语道破天机，功名利禄只是身
外之物，求其何用。卢生恍然大悟，拜
谢吕翁说："宠辱之道。穷达之运，得

梦醒后，卢生感悟到，功名利禄皆
为身外之物. 平淡生活才是真

谁人一梦犹未醒，何处功名了无踪

丧之理，死生之情，尽知之矣。此先生所以窒吾欲也。敢不受教！"是道士吕翁让他打消了对"建功树名，出将入相"的渴求，让他明白了"此而不适，而何为适"的道理。对于这种"适"的肯定，以及与此相关的对于荣华富贵的鄙弃，在后来的元曲中得到了进一步的发挥。由于这场美梦只在一饭之间完成，因此，后人又常把这个故事叫做《黄粱一梦》。

作者以现实为依托，用一种非常手段揭示了唐朝的社会生活，深刻而尖锐。作者体察了读书人的苦楚和社会上大多数人追求功名利禄的迫切心理，用一种怪诞的语气分析了这种追求的无意义性。在行文过程中，作者运用了巧妙的构思和奇特的想象，同时又有一些对现实的描写，因此，文章显得血肉丰满，有张有弛，同时也揭示了统治阶级生活的腐朽，批评了他们骄奢淫逸的状态。作者指出：海市蜃楼只是一时美景，转瞬即逝，瞬间的得失永远代替不了永恒，梦幻永远不能成为现实。梦中的名与利只是过眼云烟，不值得为之付出一生。卢生的黄粱一梦，讽刺了那些舍弃本性而热衷于追名逐利的人们。

后人对这部传奇的评价极高，鲁迅先

功名利禄不过是过眼云烟，并不值得为之付出一生

谁人一梦犹未醒，何处功名了无踪

沈既济在封建统治秩序下能够清醒地观察人生，并点明真谛

生认为："如是意想，在歆慕功名之唐代，虽诡幻动人，而亦非出于独创。……既济文笔简炼，又多规诲之意，故事虽不经，尚为当时推重。"（《中国小说史略·唐之传奇文（上）》）沈既济在当时封建社会的统治秩序之下，能对人生的得失悲欢有如此高的见地和眼界，实属不易。他本身是读书人，但却能跳出功名看人生，展开批评与自我批评，这是非常具有独创性的，具有跨时代意义。从这个角度来看，《枕中记》也不愧为唐传奇中的名篇佳作。

2. 李公佐与《南柯太守传》

中唐时期是唐传奇小说发展的高峰

期，这一时期的传奇故事既有丰富的社会生活内容，又有扑朔迷离之美。这些传奇作家笔耕不辍，用他们的才情为我们创作了一部又一部发人深省的作品。李公佐就是其中一位非常著名的传奇作家，他创作的《南柯太守传》家喻户晓，奠定了他在小说史上不可忽视的地位。

李公佐（约770—850年），字颛蒙，因其自称陇西李公佐，所以后人考证他的家乡在郡望陇西（今陕西一带）。但他的出生地是否就在于此，已不可考。他曾考取进士，在大历年间步入仕途。元和年间曾担任江西判官，并曾担任过从事、

大槐安国景色秀美，有如世外桃源

参军等职，后因牛李党争受牵连而被削职。唐朝后期的社会陷入了党争和宦官专权的黑暗当中，党争害了很多人。著名诗人李商隐就因党争而一生不得志，郁郁而终。这是中国历史上一种非常残酷的政治现象，牵涉过很多文人，造成了很多悲剧。李公佐也是受害者之一。仕途上不得意的他喜好征集民间的奇闻怪事，感慨于安史之乱、藩镇割据、朋党之争、官场黑暗的他怀揣着满腔的义愤，用心血著成了这部千古流传的唐传奇——《南柯太守传》。

《南柯太守传》为我们讲述的故事是这样的：扬州城内有一名唤淳于棼的游侠，因嗜酒如命冒犯了上司而被罢了官，赋闲家中。此后，他更是肆无忌惮地与友人豪饮于城中一棵日久年深的古槐树下。一天，他酒醉致疾，友人将其扶入家中休息。昏昏沉沉当中，他被两位紫衣使者邀请到了大槐安国。途中所见所闻均非日常见闻，景色秀美可谓世外桃源。淳于棼来到大槐安国后，立即得到了国王的热情接见，并告诉他国王与其父早有过媒妁之约，国王请他来的目的就是履行诺言。于是，这位老兄顺理成章就成为了大槐安国的驸马，国王的乘龙快婿。后来，他被派到南柯郡一带担任太守的职务。公主为其生下五男二女，他可谓家门兴旺，仕途得意，荣华富贵享用不尽，身份地位显赫一时。但怎奈天有不测风云，人有旦夕祸福，公主在战乱的动荡中丧生，于是谗言四起，国王渐渐地对他失去了信任。淳于棼被遣送还乡，陪同者恰是当年带领他来到此地的两位紫衣使者之一。淳于棼看到家乡旧景，不禁潸然泪下。此刻他看见自己的身体还在东厢房躺着，因此而万分惊恐，不知所以然。紫衣使者连喊数声他的名字后，他才大梦初醒。睡眼惺忪的他看见家仆正在屋内打扫，夕阳西下，一抹斜阳残留在墙头，喝剩的

大古槐树

谁人一梦犹未醒，何处功名了无踪

大古槐树

酒依然放在原处，梦中的景色消失得无影无踪。梦醒后的他将自己刚才梦到的情形向两位朋友和盘托出，朋友也觉得颇为神奇。三人一同来到大古槐树下想探个究竟。看见洞穴内宽敞明亮，洞底有十几只蚂蚁守卫着两只大蚂蚁，其他蚂蚁不敢向前，这恐怕就是梦中大槐安国的都城了！他们又挖出另一个洞穴，也有土城小楼，这便是梦中的"南柯郡"吧！他们又看见了一个洞穴，中间有很高的小土坡，这便是梦中槐安国二公主的葬身之处。淳于棼触景生情，在梦中他毕竟来过此地。这里曾有他甜蜜的姻缘，显赫的地位……这一切亦梦亦真，让他感慨万千。面对这凹凸不平的坑坑洼洼，他不忍心让友人破坏，于是又将其掩埋了起来。怎知到了夜里突来暴风骤雨，一切毁于一旦。淳于棼回忆起梦中经历的混乱，果真在梦醒后应验。朦胧中，他又回忆起曾与大槐安国有过战事之乱的檀萝国。于是他与友人经多方探寻，终于找到了一棵大檀树，情形可推测至梦中。区区蚂蚁都有如此神怪之事，何况人世间的一切，难道都在冥冥之中？淳于棼陷入了深深的思考。他感慨万千，蚂蚁之事不也就是人世之事吗？宦官专权、藩镇割据、战事不断，内忧外患令百姓流离失所，痛苦不堪。而一旦小人得势，便鱼肉百姓，横行乡里，官场上明争暗斗，尔虞我诈，欺上瞒下，这些梦境中的情景实际就存在于现实当中。他忽又想起梦中那两位紫衣使者，他们不就是自己两位朋友的化身吗？而后来，现实生活中的二人，一人暴病而亡，一人卧病在床。淳于棼得知这两个朋友不幸的遭遇后更加感慨人生苦短，于是他在修度中度过了短暂的余生，亡故时年仅47岁。

《南柯太守传》虽与《枕中记》一样都写梦中之事，但作者的思想更加深刻，

梦中的"南柯郡""槐安国"，只不过是一处蚂蚁穴

谁人一梦犹未醒，何处功名了无踪

《中国小说史略》

语言更加细腻。鲁迅先生对其评价也很高，尤其对结尾处大加赞赏，他说："篇末命仆发穴，以究根源，乃见蚁聚，悉符前梦，则假实证幻，余韵悠然。"（《中国小说史略》）

　　这两篇作品都是借梦境讽刺了唐代士人迫切追求功名的社会现实，又借梦境的破灭来预示功名利禄的虚幻，由此对那些热衷于此的人进行了辛辣的嘲讽和鞭挞，并揭露了当时官场的黑暗和社会的动荡。整个主旨类似于老庄哲学当中的"无为"思想，但作品所反映的思想内容十分深刻，也非常真实地披露了唐朝的社会现实。

四　豪侠谈笑千钧力，
江湖结伴三人行

以豪侠为主题的唐传奇，出现于社会动荡的唐朝末世，内容多表现扶贫济弱、除暴安良、快意恩仇、安邦定国，刻画出了豪侠坚韧刚毅的性格、出神入化的武功修为和惊世骇俗的功业。晚唐的传奇，与中唐相比，传奇集增加了很多，如戴孚的《广异记》和薛用弱的《集异记》都是当时有名的传奇集。但那一时期传奇的单篇名作却很罕见。关于以豪侠为主题的唐传奇的起源及成就，钱锺书先生曾在他的名作《管锥篇》中有所论述。这一主题的代表作有裴铏的《昆仑奴》和杜光庭的《虬髯客传》。

壁画《昆仑奴》

1. 裴铏与《昆仑奴》

裴铏，唐朝人，生卒年均不详，约在唐懿宗咸通初前后在世。著有《传奇》三卷，但很多作品没有流传下来，只有《太平广记》中所录的四则，得传至今。他是唐末著名的文学家，一生以文学成就闻名于世，为唐代小说的繁荣和发展作出过巨大贡献。唐代小说之所以称为传奇，便是从他的名著《传奇》一书得名的。裴铏的作品很多，题材也不拘一格，非常广泛。《昆仑奴》是裴铏的代表作。

《昆仑奴》写一位武艺高强的老奴，帮助崔生成就了一段姻缘的故事。崔生

昆仑奴俑

偶遇一红衣伎者，遂害了相思之苦。家中昆仑奴帮他解释了红衣伎为崔生留下的暗语。崔生冲破了重重阻碍，最终和红衣伎相会。二人一起回到崔生家中，意图成婚。但此事很快被红衣伎的主人、当时朝廷一品官员郭子仪发现，他派兵包围了崔生的宅院。千钧一发之际，又是昆仑奴帮他们成功逃脱魔爪。作品中对昆仑奴的勇气给予了高度赞扬。昆仑奴敢作敢为的英雄气概恰恰是那个时代缺少的，作者对这种英雄行为给予了高度的评价。通过对比来反映人物性格，体现了传奇在人物描写上的进展和突破，使人物形象更加鲜明了。这种比较写法是中国文学批评中比较传统的方法，在刘勰的《文心雕龙》中早有论述，但运用到传奇当中还是首创，因此具有划时代的意义。

另外，裴铏还写了一些含有教育意义的神话小说，如《韦自东》，写义烈之士韦自东被道士聘去护丹抗妖。妖魔化作巨蛇、美女，都被他一一识破，最后被一个变幻作"道士之师"的妖魔所欺骗，前功尽弃。作品教育人们要善于识破伪装，不能以貌取人。总之，在晚唐，裴铏是一个多产作家，他以自己的创作实践推动了中国小说的迅猛发展。

《文心雕龙》中曾论述过比较写法

豪侠谈笑千钧力，江湖结伴三人行

《虬髯客传》讲述了虬髯客
出海自立的故事

2. 杜光庭与《虬髯客传》

晚唐传奇中，杜光庭的《虬髯客传》是为数不多的一部佳作。这篇小说以司空杨素的宠伎红拂女大胆与李靖私奔的爱情故事为线索，描写了隋末有志图王的虬髯客在"真命天子"李世民面前折服，出海自立的故事。

杜光庭（850—933年），字宾圣（一

作宾至），号东瀛子，别号华顶羽人，京兆杜陵（今陕西西安）人，侨居处州缙云（今属浙江）。成通年间（860—873年），参加过九次科举考试均名落孙山，于是到了天台山当道士。中和（881—884年）年间，住长安太清宫。光启年间（885—887年），僖宗赐其紫衣，赐号广成先生。之后不久来到四川腹地，居住在成都玉局观。917年，被任命为户部侍郎，并被赐封为蔡国公。官至公卿，地位已经相当显赫。921年，又被封为传真天师，拜传真馆大学士。不久辞官，隐居在青城山白云溪，过着闲云野鹤的恬淡生活。这里有一点需要说明：杜光庭历经两个

杜光庭辞官后便隐居起来，过着怡然自得的生活

豪侠谈笑千钧力，江湖结伴三人行

朝代，即晚唐和五代。907年，节度使朱温废掉唐朝最后一个皇帝，自立为帝，从此中国又出现了地方割据政权并立的局面，也就是历史上所说的五代十国时期。五代十国并立时期，契丹在北方异军突起，也建立了政权。中国结束了长达三百多年的大一统局面，进入了多方政权并立的时代，这种局面一直到1279年蒙古大汗忽必烈统一中国才结束。五代十国时期是中华民族大融合、文化大融合、文明大融合时期，杜光庭的后半生就是在这种历史背景中度过的。他在晚年时选择隐居山林，处江湖之远来了却余生，想是看破了人世间的种种离愁和江山代有才人出的历史发展规律。他一生博学多才，著有《广成集》三十卷，今存十七卷。《全唐诗》存其诗一卷，《全唐文》中存其文十六卷。由于他中年以后多在道观居住，向道观念由来已久，因而他还著述了一些跟道教有关的作品。收入正统《道藏》中的作品便有二十多种。其小说之作，内容多为神怪异闻传说，非常可惜的是，很多作品已亡逸。《虬髯客传》是晚唐传奇作品中非常著名的一篇，传奇中的主人公虬髯客最终选择海外隐逸，寄托了作者自身的政治理想和人生理想，很多内容神妙又深邃，

元世祖忽必烈像

杨素日夜饮酒作乐，生活骄奢淫逸

非常值得我们深思。

《虬髯客传》为我们讲述了隋末一个侠义感人的故事。隋炀帝之重臣司空杨素向来生活骄奢淫逸，门客无数，日夜饮酒作乐，不理朝政。一日，素有开国之功、官拜刑部尚书并被封为卫国公的李靖向杨素进谏，尽陈忠义之言，字字关注国计民生。李靖的进言令杨素非常高兴，同时也博得了杨素府中的歌伎红拂的青睐。红拂女本是杨素的宠伎，能歌善舞，才貌双全，智勇过人。她一直深居府中，平日里都是和些凡夫俗子应酬，从未见过李靖这样有胆有识的大英雄。李靖的出现让她沉睡已久的心又苏醒了过来。

入夜，红拂女再也控制不住自己对李靖的崇拜，只身来到李靖住处，表达了对他的敬仰和爱慕之意。同为江湖儿女，二人一见钟情，商议出奔事宜，不久二人出奔太原。途遇一猛汉，器宇轩昂，唤名张三郎，也就是传奇中的主人公虬髯客。红拂女本姓张，二人一见如故，遂结为兄妹。李靖见到虬髯客后也是钦佩不已，三人决定结伴同行、除暴安良。虬髯客向李靖传授兵法和战法，三人亲如一家。正在那时，隋末农民起义风起云涌，各路豪侠纷纷揭竿而起，渴望明主的呼声日渐高涨。虬髯客有勇有谋，本想自立为王。后来，一次偶然的机会，他结识了太原留守李渊之子李世民。李世民仁爱宽厚、文武双全，颇得民心。张三郎折服于他的才学和人品，决定助其成就霸业后，归隐海外。贞观十年，也就是太宗即位后十年，有人上奏皇帝，海外出现了战船千艘、甲兵十万的扶馀国，皇帝迅速得知其国主就

李世民与虬髯客成为很好的朋友

豪侠谈笑千钧力，江湖结伴三人行

是虬髯客。

《虬髯客传》的名称最早出现于《太平广记》，其中的故事多为虚构。虬髯客智慧、勇猛、仗义，是作者心目中的大英雄，作者将这些个性赋予这个人物，体现了他的政治理想。唐朝末年，政治黑暗，皇帝昏庸，宦官专权，奸臣当道，排除异己，忠臣不得重用，很多有学之士都郁郁而终，虬髯客得遇明主，李世民的英明神武令众多英雄折服，这反映了作者渴望明主的政治理想。这部传奇语言丰富精彩，情节动人，体现了作者精湛的写作功底和扎实的文字功夫，在思想和内容上对后世都产生了很大的影响。

虬髯客是智慧和侠义的化身

《虬髯客传》中描写了三个重要人物：张三郎，红拂女，李靖。他们三位都是响当当的、具有英雄气概的人物。他们不像一般侠士那样只关心个人恩怨，也不以非凡的武功见长，却能居乱世而观天下，审时度势。他们清醒地认识到未来的路，这表现了他们大智大勇的大侠气概。

三位主人公观天下审时度势的非凡气度令人钦佩

豪侠谈笑千钧力，江湖结伴三人行

《虬髯客传》插图

在作品中，作者通过人物之间的对话、行动和精彩的细节描写，对他们的性格作了突出的刻画。李靖的沉着冷静和才智过人，红拂女的慧眼识英雄和为了爱情敢于私奔的胆识与魄力，特别是虬髯客的雄大气魄，鲜活生动，光彩照人。后世将他们誉为"风尘三侠"，实在是很贴切。

五 江州司马歌长恨，
陈鸿妙笔和知音

以历史故事为题材的传奇小说，出现在晚唐时期，以陈鸿的《长恨歌传》最为著名。这篇小说的情节安排与白居易的《长恨歌》基本相同，但批判意识更为明显。用作者的话说，就是要"惩尤物、窒乱阶、垂于将来"。但在具体描述中，作者依然沿袭了《长恨歌》的思路，把重心放在唐玄宗与杨贵妃死别之后的相思之苦上，时常以抒情性的笔墨，来勾勒场景，渲染气氛，如"每至春之日，冬之夜，池莲夏开，宫槐秋落，梨园弟子，玉琯发音，闻《霓裳羽衣》一声，则天颜不怡，左右歔欷。……于时云海沉沉，洞天日晚，琼户重阖，

池莲夏开

悄然无声"，这些描写，都简洁而富有情韵。陈鸿还有一篇《东城老父传》，其历史批判性更强。作品先写神鸡童贾昌的发迹，很富有讽刺意味，对唐玄宗的荒淫生活是一种批判。后写贾昌沦为和尚，则又表达了一种盛衰荣辱变幻无常的感慨。作品以贾昌作为历史见证人，评论唐玄宗前后期政治的得失，有较强的历史批判意义，这类作品还有郭湜的《高力士外传》、姚汝能的《安禄山事迹》等。

唐玄宗李隆基像

1. 陈鸿与《长恨歌传》

陈鸿，生卒年不详，字大亮，唐贞元二十一年（805 年）进士，登太常第。曾任太常博士、虞部员外郎、主客郎中等职。长庆元年（821 年），太和公主远嫁回鹘，他曾充赴回鹘婚礼使判官。唐文宗大和初，陈鸿还健在。他常常自称"少学乎史氏，志在编年"（《大统记序》），曾以七年之力，撰编年史《大统记》三十卷，可惜没有流传下来。《全唐文》中存录了他三篇文章。

元和元年白居易为盩厔尉时，与陈鸿、王质夫游仙游寺，作《长恨歌》，又让陈鸿与之唱和，于是陈鸿作了《长恨歌传》。

白居易在字里行间流露出对唐玄宗与杨贵妃的怜惜之情

《长恨歌》是白居易运用乐府旧题创作的一部千古流传的佳作。白居易在创作当中，充满了矛盾，他一方面批判统治者的骄奢淫逸，另一方面又怜悯于唐玄宗和杨贵妃之间的爱情，所以在整篇当中，他的言辞忽而激动，忽而浪漫。现实与浪漫并重，个人与历史相容是《长恨歌》最大的特点。这种创作手法是由作者自身的经历和政治历程决定的。《长恨歌》全文如下：

汉皇重色思倾国，御宇多年求不得。
杨家有女初长成，养在深闺人未识。
天生丽质难自弃，一朝选在君王侧。
回眸一笑百媚生，六宫粉黛无颜色。
春寒赐浴华清池，温泉水滑洗凝脂。
侍儿扶起娇无力，始是新承恩泽时。
云鬓花颜金步摇，芙蓉帐暖度春宵。
春宵苦短日高起，从此君王不早朝。
承欢侍宴无闲暇，春从春游夜专夜。
后宫佳丽三千人，三千宠爱在一身。
金屋妆成娇侍夜，玉楼宴罢醉和春。
姊妹弟兄皆列土，可怜光彩生门户。
遂令天下父母心，不重生男重生女。
骊宫高处入青云，仙乐风飘处处闻。
缓歌曼舞凝丝竹，尽日君王看不足。
渔阳鼙鼓动地来，惊破霓裳羽衣曲。
九重城阙烟尘生，千乘万骑西南行

行宫见月伤心色，夜雨闻铃肠断声

翠华摇摇行复止，西出都门百余里。
六军不发无奈何，宛转蛾眉马前死。
花钿委地无人收，翠翘金雀玉搔头。
君王掩面救不得，回看血泪相和流。
黄埃散漫风萧索，云栈萦纡登剑阁。
峨嵋山下少人行，旌旗无光日色薄。
蜀江水碧蜀山青，圣主朝朝暮暮情。
行宫见月伤心色，夜雨闻铃肠断声。
天旋地转回龙驭，到此踌躇不能去。
马嵬坡下泥土中，不见玉颜空死处。
君臣相顾尽沾衣，东望都门信马归。
归来池苑皆依旧，太液芙蓉未央柳。
芙蓉如面柳如眉，对此如何不泪垂。
春风桃李花开日，秋雨梧桐叶落时。

西宫南内多秋草，落叶满阶红不扫。
梨园弟子白发新，椒房阿监青娥老。
夕殿萤飞思悄然，孤灯挑尽未成眠。
迟迟钟鼓初长夜，耿耿星河欲曙天。
鸳鸯瓦冷霜华重，翡翠衾寒谁与共。
悠悠生死别经年，魂魄不曾来入梦。
临邛道士鸿都客，能以精诚致魂魄。
为感君王展转思，遂教方士殷勤觅。
排空驭气奔如电，升天入地求之遍。
上穷碧落下黄泉，两处茫茫皆不见。
忽闻海上有仙山，山在虚无缥缈间。
楼阁玲珑五云起，其中绰约多仙子。
中有一人字太真，雪肤花貌参差是。
金阙西厢叩玉扃，转教小玉报双成。

江州司马歌长恨，陈鸿妙笔和知音

在天愿作比翼鸟，在地愿为连理枝

闻道汉家天子使，九华帐里梦魂惊。

揽衣推枕起徘徊，珠箔银屏迤逦开。

云髻半偏新睡觉，花冠不整下堂来。

风吹仙袂飘飘举，犹似霓裳羽衣舞。

玉容寂寞泪阑干，梨花一枝春带雨。

含情凝睇谢君王，一别音容两渺茫。

昭阳殿里恩爱绝，蓬莱宫中日月长。

回头下望人寰处，不见长安见尘雾。

惟将旧物表深情，钿合金钗寄将去。

钗留一股合一扇，钗擘黄金合分钿。

但教心似金钿坚，天上人间会相见。

临别殷勤重寄词，词中有誓两心知。

七月七日长生殿，夜半无人私语时。

在天愿作比翼鸟，在地愿为连理枝。

天长地久有时尽，此恨绵绵无绝期。

陈鸿《长恨歌传》的故事情节虽依托于《长恨歌》，但却一反《长恨歌》的创作手法，彰显其批判的意图，而没有了白居易《长恨歌》中的同情意味，这就增加了该部作品的含金量，令它成为了同类作品中的佼佼者。此传先述开元时杨妃入宫、迄天宝末缢死于马嵬坡的始末；后写玄宗自蜀还京，思念不已，方士为玄宗求索贵妃的魂魄，终于在海上仙山找到了，贵妃对道士说了自己与玄宗七夕之夜盟誓之事，道士返还宫中后，将贵妃所言告知了玄宗。玄宗再次悲痛不已，发出了"天长地久有时尽，此恨绵绵无绝期"的感叹。《长恨歌传》后段的描写是民间传说，并无史实考证，但描写得非常细致。篇中对玄宗晚年的纵情声色、政治腐败有所揭露。全文节选如下：

开元中，泰阶平，四海无事。玄宗在位岁久，倦于旰食宵衣，政无大小，始委于右丞相，稍深居游宴，以声色自娱。先是元献皇后、武淑妃皆有宠，相次即世。宫中虽良家子千数，无可悦目者。上心忽忽不乐。时每岁十月，驾幸华清宫，内外命妇，熠耀景从。浴日余波，赐以汤沐。春风灵液，澹荡其间。上心油然，

华清宫

江州司马歌长恨，陈鸿妙笔和知音

华清宫一景

若有所遇，顾左右前后，粉色如土。诏高力士潜搜外宫，得弘农杨玄琰女于寿邸，既笄矣。鬒发腻理，纤秾中度，举止闲冶，如汉武帝李夫人。别疏汤泉，诏赐藻莹，既出水，体弱力微，若不任罗绮。光彩焕发，转动照人。上甚悦，进见之日，奏《霓裳羽衣曲》以导之；定情之夕，授金钗钿合以固之。又命戴

杨贵妃有着花王牡丹般的雍容华贵

步摇，垂金珰，明年，册为贵妃，半后服用。由是冶其容，敏其词，婉娈万态，以中上意，上益嬖焉。时省风九州，泥金五岳，骊山雪夜，上阳春朝，与上行同辇，止同室，宴专席，寝专房。虽有三夫人、九嫔、二十七世妇、八十一御妻，暨后宫才人、乐府妓女，使天子无顾盼意。自是六宫无复进幸者。非徒殊艳尤态致

江州司马歌长恨，陈鸿妙笔和知音

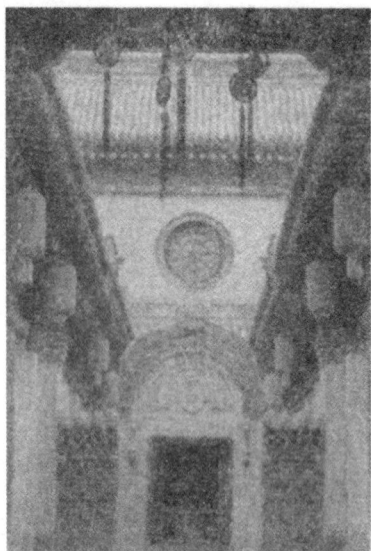

杨贵妃一人受宠，恩泽全家

是，益才智明慧，善巧便佞，先意希旨，有不可形容者。叔父昆弟皆列位清贵，爵为通侯。姊妹封国夫人，富埒王宫，车服邸第，与大长公主侔矣。而恩泽势力，则又过之，世入禁门不问，京师长吏为之侧目。故当时谣谚有云："生女勿悲酸，生男勿喜欢。"又曰："男不封侯女作妃，看女却为门上楣。"其为人心羡慕如此。

天宝末，兄国忠盗丞相位，愚弄国柄。及安禄山引兵向阙，以讨杨氏为词。潼关不守，翠华南幸，出咸阳，道次马嵬亭。六军徘徊，持戟不进。从官郎吏伏上马前，请诛晁错以谢天下。国忠奉牦缨盘水，死于道周。左右之意未快。上问之。当时敢言者，请以贵妃塞天下怨。上知不免，而不忍见其死，反袂掩面，使牵之而去。仓皇展转，竟就死于尺组之下。既而玄宗狩成都，肃宗受禅灵武。明年大赦改元，大驾还都。尊玄宗为太上皇，就养南宫，自南宫迁于西内，时移事去，乐尽悲来。每至春之日，冬之夜，池莲夏开，宫槐秋落。梨园弟子，玉琯发音，闻《霓裳羽衣》一声，则天颜不怡，左右欷歔。三载一意，其念不衰。求之梦魂，杳不能得。

适有道士自蜀来，知上心念杨妃如是，自言有李少君之术。玄宗大喜，命致其神。

唐玄宗在道士的帮助下终于在云海之上与杨贵妃相见

方士乃竭其术以索之，不至。又能游神驭气，出天界，没地府以求之，不见。又旁求四虚上下，东极天海，跨蓬壶。见最高仙山，上多楼阙，西厢下有洞户，东向，阖其门，署曰"玉妃太真院"。方士抽簪扣扉，有双鬟童女，出应其门。方士造次未及言，而双鬟复入。俄有碧衣侍女又至。诘其所从。方士因称唐天子使者，且致其命。碧衣云："玉妃方寝，请少待之。"于时云海沈沈，洞天日晓，琼户重阖，悄然无声。方士屏息敛足，拱手门下。久之，而碧衣延入，且曰："玉妃出。"见一人冠金莲，披紫绡，佩红玉，曳凤舄，左右侍者七八人，揖方士，问皇帝安否，次问天宝十四载以还事。言讫，悯然。指碧衣女取金钗钿合，各析其半，授使者曰："为我谢太上皇，谨献是物，寻旧好也。"方士受辞与信，将行，色有不足。玉妃固征其意。复前跪致词："请当时一事，不为他人闻者，验于太上皇，恐钿合金钗，负新垣平之诈也。"玉妃茫然退立，若有所思，徐而言曰："昔天宝十载，侍辇避暑于骊山宫。秋七月，牵牛织女相见之夕，秦人风俗，是夜张锦绣，陈饮食，树瓜华，焚香于庭，号为乞巧。宫掖间尤尚之。时夜殆半，休侍卫于东西厢，独侍上。上凭肩而立，因仰天感牛女事，密相誓心，愿世世为夫妇。言毕，执手

唐玄宗与杨贵妃在月下立下盟誓，相约终身

各鸣咽。此独君王知之耳。"因自悲曰："由此一念，又不得居此。复堕下界，且结后缘。或为天，或为人，决再相见，好合如旧。"因言："太上皇亦不久人间，幸惟自安，无自苦耳。"使者还奏太上皇，皇心震悼，日日不豫。其年夏四月，南宫宴驾。

《长恨歌》与《长恨歌》相辅而行，流传颇广。北宋时乐史撰长篇传奇《杨太真外传》，曾取材于此传。后世还有很多作家将此传演绎成了戏曲，其中以元代白朴《唐明皇秋夜梧桐雨》杂剧及清代洪升《长生殿》传奇最为著名。

2. 陈鸿与《东城老父传》

陈鸿还有一篇流传于世的传奇《东城老父传》，也属于历史题材，在唐传奇的历史上也很有地位。

《东城老父传》是一部批判性很强的作品。故事情节是这样的：

由于玄宗皇帝喜欢斗鸡，所以很多父母为讨好皇帝，不惜一切代价，拉关系，走后门，想方设法将自己的孩子送入宫中，取悦皇帝，以达到光宗耀祖的目的。贾昌7岁时就学会了见风使舵，并且精通鸟语，这跟他擅长斗鸡有很大的关系。由于家境贫寒，他买不起昂贵的鸡和鸡笼，只能雕

传说唐玄宗喜欢斗鸡

江州司马歌长恨，陈鸿妙笔和知音

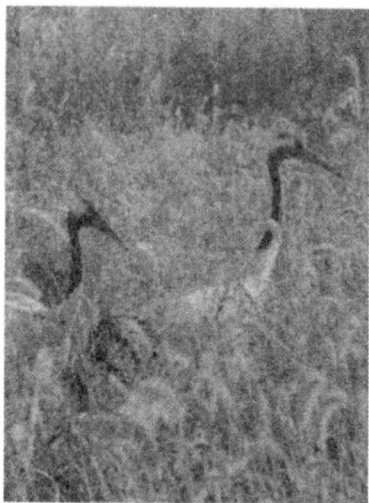
贾昌不仅会斗鸡，还擅长鸟语

刻木鸡玩。由于精于此道，他竟将木鸡玩得有了灵气，像真鸡一样。贾昌的父亲是宫中卫士，所以贾昌的斗鸡天分很快被玄宗发现。他天生聪明，动作敏捷，见什么人说什么话，可谓八面玲珑，因此颇得玄宗喜爱。玄宗惊叹于他的技艺，将其招致麾下，成为"鸡主"。贾昌"治鸡有方"，能让鸡听从他的号令。众鸡自动排好队，

胜者在前，败者在后，一行数鸡，浩浩荡荡地在皇宫里列队让玄宗检阅。贾昌的神奇令龙颜大悦，年纪轻轻便成功跻身于上流社会，真可谓光宗耀祖。他由此而得名"神鸡童"，那一年，他刚满 13 岁。在封建社会中，得到皇帝的赏识就等于成功地完成了"鲤鱼跃龙门"的全过程。但故事的后半部分，贾昌被迫沦为和尚，地位

在封建社会得到皇帝的赏识就等于完成了"鲤鱼跃龙门"的过程

江州司马歌长恨，陈鸿妙笔和知音

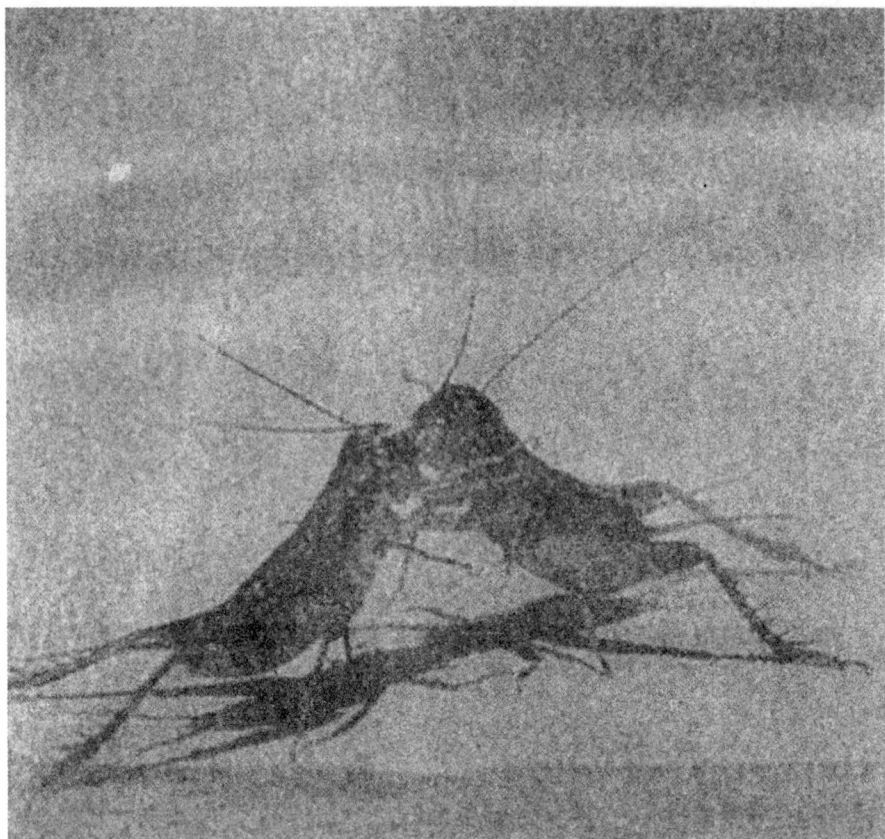

《聊斋志异》中的《促织》与《东城老父传》的故事情节有着相似之处

发生了翻天覆地的变化，也表现了人生的无常。

本文作者通过神鸡童贾昌的发迹史讽刺了玄宗不理政事，疲于玩乐的晚年生活，对封建统治者的腐朽给予了深刻的鞭挞。本文语言幽默、思想内容十分深刻。对后世的很多文学作品都产生了深刻的影响。蒲松龄的《聊斋志异》中有一篇《促织》，写的是蟋蟀引发的一个离奇的故事，跟本文就有相似之处。

六　情到浓时方恨少，
人生何处不相逢

（一）唐传奇的艺术成就

　　毫无疑问，唐传奇是中国文学史上盛开的一朵奇葩。它开辟了唐朝文学的又一个空间，为中国文学增添了一个新的体裁，是唐朝文人对前人文学成就的继承与发展。它的艺术成就是斐然可观的。与六朝小说相比，唐传奇的作者更注重作品的审美价值，注重小说愉悦性情的功用，使得中国的小说进入了一个崭新的阶段。唐人作传奇的写作动机，或是访友、或是唱和、或不平则鸣、或著文章之美。作者可以驰骋想象，任思想的野马飞奔万里，其目的就在于将奇异的故事流传于世间。从总体上看，唐传奇主要还是以愉悦性情为主，多是享乐之作，因此在当时颇受欢迎。唐传奇多角度地展示了个体生命的张力和个体情感的追求，作品大多寄予了作者独特的情感体验和人生理想。诚如鲁迅先生在《中国小说史略》中说的："传奇者流，源盖出于志怪，然施之藻绘，扩其波澜，故所成就乃特异。其间虽亦或托讽喻以纾牢愁，谈祸福以寓惩劝，而大归则究在文采与意想，与昔之传鬼神明因果而外无他意者，甚异其趣矣。"

　　现存唐传奇的篇幅都不长，短的只

唐朝文人的努力造就了唐传奇小说这朵奇葩

情到浓时方恨少，人生何处不相逢

有几百字，长的也没有超过一万字的，但在艺术构思上却都奇异新颖，富于变化。唐传奇以有限的文字生发出无限的波澜，以曲折委婉的情节打动人心、引人入胜。具体地说，唐传奇小说在艺术上取得了十分喜人的成就，表现为以下三个方面：

第一，塑造了许多性格鲜明的人物形象。同六朝小说相比，唐传奇已不只是对人物言行的简单叙述和对人物性格的粗线条勾勒。作家注意对人物性格的刻画和典型形象的塑造，一系列血肉丰满、个性鲜明的人物形象涌现了出来。如霍小玉的多情刚强，李娃的热情练达，

唐传奇小说成功地刻画了一个个鲜活生动的人物形象

这些有血有肉的人物给读者留下了深刻的印象

李益的自私无情，柳毅的侠义正直，张生的虚伪狡诈，虬髯客的豪放豁达等等，这一系列人物个个栩栩如生，给我们留下了深刻的印象。在人物的刻画上，作者善用细节描写来刻画人物，如《李娃传》中，写到李娃听见荥阳公子郑生的疾呼声时，是这样描述的：

娃自阁中闻之，谓侍儿曰："此必生也，我辨其音矣。"连步而出。见生枯瘠疥疬，殆非人状，娃意感焉，乃谓曰："岂非某郎也？"生愤懑绝倒，口不能言，颔颐而已。娃前抱其颈。以绣襦拥而归于西厢，失声长恸曰："令子一朝及此，我之罪也！"绝而复苏。

这段人物语言、动作的细节描写，把李娃悲喜交加、悔恨自责的心情表现得逼真感人。

作者还通过对比的手法来刻画人物，如《霍小玉传》中李益前后言行的对比，《莺莺传》中莺莺前后态度的对比，这些对比手法都产生了很好的艺术效果。再如《李娃传》写常州刺史荥阳公对待儿子前后不同的态度，突出反映了封建统治阶级的虚伪、冷酷和残忍。这有点像《红楼梦》中贾政对宝玉的态度。在"宝玉挨打"一回中，贾政道出了对宝玉长时间不满的真实原因：害怕他杀父弑君。他暴怒的原因也就是宝玉让他丢了脸，这和荥阳公有何不同。所以说，唐传奇对后世小说的创作产生了非常深远的影响。

第二，结构完整，情节曲折。在结构上，唐传奇小说都是先对人物进行简介，然后展开故事情节，最后是作者简要的评论，首尾呼应，构成了完整的结构。情节上，传奇小说充分发挥了"奇"的特点，作家以丰富的艺术想象为读者安排了若干离奇虚幻、变化多端，而又曲折动人的故事情节。如《柳毅传》中写到柳毅去洞庭湖传书，完成了搭救龙女的使命，故事似乎可以结束了，不想

唐传奇小说运用对比的手法刻画人物，这种创作方法对后世影响很大

大团圆的结局表达了当时人们对美好爱情的向往

又节外生枝，插入钱塘君逼婚一段，引起轩然大波；等到柳毅与卢氏成婚并育有一子后，忽然又揭出卢氏就是龙女这一富有喜剧色彩的谜底，给我们一个大团圆的结局。整个情节曲折多变。而《李娃传》情节跌宕起伏，充满戏剧性的变化，大团圆的结局虽有世俗气息，但体现了当时人们渴望团圆的心愿和渴望爱情有始有终的人生理想。《莺莺传》则以"始乱终弃"为线索，叙述描写中不时杂以短小精干的诗作，穿针引线，醒目提神，强化了作品的抒情性和悲剧效果。

唐传奇中的作者，多是诗人或散文家，都是写作的好手，高屋建瓴，高瞻远瞩是

情到浓时方恨少，人生何处不相逢

他们传奇创作的基点，这就决定了他们作品的高度。

第三，语言凝练流畅，生动传神。在语言、辞采等修辞手法的使用中，唐传奇也取得了突出的成就：叙述事件简洁明快，人物对话生动传神，词汇丰富，句式多变。一些佳作更是善用诗歌化的语言营造含蓄优美的情景，在描写景物和渲染气氛上，浓墨重染，极富艺术表现力和感染力，让人有身临其境之感。

（二）唐传奇的地位及影响

唐传奇的产生与发展，标志着我国小说的发展已逐渐趋于成熟，唐传奇突破了六朝小说的桎梏，从此，小说正式形成了自己的规模和写作特点，成为一种独立的文学样式，和诗歌、散文一样屹立于中国文学之林。而且，在唐朝出现了一些专门从事传奇创作的作家，这在一定程度上，促进了中国小说艺术的丰富和发展。毫不夸张地说，唐传奇揭开了我国现实主义小说的序幕，反映了城市生活的繁荣复杂，把反对封建门阀制度和礼教压迫作为自己的基本主题，为中国批判现实主义小说创作开了先河。六朝志怪如《搜神记》中的"韩凭夫妇""紫玉韩重"，《搜神后记》中的"白水素女"

唐传奇小说注重对景物的渲染和描写

情到浓时方恨少，人生何处不相逢

一些唐传奇小说刻画的人物形象流芳百世，堪称经典

都是反封建的作品，但讴歌的都是一般的平民。而在唐传奇中，霍小玉、李娃、红拂女等人的身份都是娼妓婢女，作者却在作品中大胆地歌颂她们的反抗精神，这种对人物反抗精神的歌颂对后世的文学创作产生了深远的影响。

在宋元话本《碾玉观音》中的秀秀和"三言"中的杜十娘、花魁娘子等人的身上，我们可以看到霍小玉、李娃的影子；而蒲松龄的《聊斋志异》中不少作品则显然是对唐传奇的继承和发展，其中有大量的对人神狐鬼爱情故事的描写，在思想内容上，对唐传奇既有继承，又有超越。唐传奇在写史方面，比较全面地采用了史传文学的手法，形象地揭露了社会矛盾。唐传奇中出现的大量惊奇情节以及对生活细节的刻画，对后世的戏曲小说创作产生了很大的借鉴作用。唐传奇还以简洁、准确、丰富、优美的语言，把古代散文的巨大表现力，发挥到了极致。唐传奇中的不少人物故事成为了后世诗文常用的典故，这绝非偶然。

唐传奇虽然取得了很大的成就，但我们也必须看到，唐传奇还存在很多局限性，唐传奇中并没有深刻地反映民生疾苦和阶级斗争的社会现实，也没有一个劳动人民的形象。从这一点上，它既赶不上前代的诗文，又不及后代的小说。当然，这是由社会历史背景造成的，唐传奇的受众多是市井乡民，而且多是娱乐之作，所以对很多深刻的社会内容未有涉及也不足为奇。但唐传奇在中国文学史上书写的光辉一笔会永存史册！

（三）唐传奇中体现的女性价值观

对当代的启示

唐传奇是中国文学史上一道亮丽的风景，其中对女性形象的刻画和描写，更是精彩绚烂，让人百读不厌。

有学者认为中华民族之所以在历史

唐传奇小说是中国文学史上一道亮丽的风景

情到浓时方恨少，人生何处不相逢

唐传奇繁荣的背后有中国传统价值观的支撑

的长河中繁衍了下来，而没有像其他一些民族一样被淘汰出历史，其中很重要的一个原因就是我们有着一种核心的价值观。

因为我们有着一种经久不衰的文化作支撑，而这种文化的核心就是儒家思想，所以中华民族的核心价值观就是我们通常所说的仁、义、礼、智、信。我国古代先秦时期曾经出现过百家争鸣的思想大解放、文化大繁荣的空前局面，儒家、道家、法家纷纷粉墨登场，应该说这些思想家们都有着一种不同寻常的超前意识，这种超前意识的时间跨度可以逾越千年，众多思想融为一体、取长补短，于是便渐渐形成了我们现实意义上的核心价值观，这种价值观缔造了中国几千年的文明，中华文化也是在这种核心价值观的指引下产生和发展的。可以毫不夸张地说，中国几千年来的文化，包括文学就是这种核心价值观的体现，唐传奇也不例外。前文我们提到，唐传奇的出现和发展虽有很重要的历史意义和文学价值，但终因其受众的文化层次决定了唐传奇还存在一定的局限性，比如没有反映民生疾苦，没有涉及统治阶级和被统治阶级之间的矛盾，没有对美好的婚姻和爱情该如何演绎作出科学的指正，没有一个劳动人民的形象等等。

　　但是，无论从历史角度，还是从文学角度，唐传奇划时代的意义都是不可抹杀的。唐传奇不仅在内容上涉及广泛，而且从某种意义上讲，它体现出的女性价值观对后世文学创作都产生了深远的影响。

　　第一，敢爱敢恨的情爱观。

　　在唐传奇当中出现了很多敢爱敢恨的妇女形象，为唐传奇的辉煌增添了亮丽的一笔。这些女子的出身都很复杂。有出身娼妓的李娃、霍小玉，出身龙庭的龙女，出身深宫的杨贵妃，有大家闺秀崔莺莺，也有出身歌伎的红拂女。这些妇女形象涉

唐传奇小说塑造了很多敢爱敢恨的妇女形象

情到浓时方恨少，人生何处不相逢

及了社会的各个阶层，可谓人神皆备。虽然她们出身千差万别，但都有一个共同的性格特征，那就是敢爱敢恨。敢爱敢恨素来就是中国广大劳动妇女的品格，我国第一部诗歌总集《诗经》中对此就有记载，如《诗经·静女》及《国风·关雎》篇：

> 静女其姝，俟我于城隅。
>
> 爱而不见，搔首踟蹰。
>
> 静女其娈，贻我彤管。
>
> 彤管有炜，说怿女美。
>
> 自牧归荑，洵美且异。
>
> 匪女之为美，美人之贻。
>
> ——《诗经·静女》

唐代仕女像

关关雎鸠，在河之洲。窈窕淑女，
君子好逑。参差荇菜，左右流之。
窈窕淑女，寤寐求之。求之不得，
寤寐思服。悠哉悠哉，辗转反侧。
参差荇菜，左右采之。窈窕淑女，
琴瑟友之。参差荇菜，左右笔之。
窈窕淑女，钟鼓乐之。

——《国风·关雎》

这是中国古代最原始的爱情主题的文学作品，反映了先秦时期女子对爱情的执著追求，《诗经》中还有一些反映男子始乱终弃，女子最终苦不堪言的作品，比如《氓》：

氓之蚩蚩，抱布贸丝。匪来贸丝，来即我谋。送子涉淇，至于顿丘。匪我愆期，子无良媒。将子无怒，秋以为期。乘彼垝垣，以望复关。不见复关，泣涕涟涟。既见复关，载笑载言。尔卜尔筮，体无咎言。以尔车来，以我贿迁。桑之未落，其叶沃若。于嗟鸠兮，无食桑葚；于嗟女兮，无与士耽。士之耽兮，犹可说也；女之耽兮，不可说也。桑之落矣，其黄而陨。自我徂尔，三岁食贫。淇水汤汤，渐车帷裳。女也不爽，士贰其行。士也罔极，二三其德。三岁为妇，靡室劳矣；夙兴夜寐，靡有朝矣。言既遂矣，至于暴矣。兄弟不知，

唐代仕女像

情到浓时方恨少，人生何处不相逢

113

咥其笑矣。静言思之，躬自悼矣。及尔偕老，老使我怨。淇则有岸，隰则有泮。总角之宴，言笑晏晏。信誓旦旦，不思其反。反是不思，亦已焉哉！

——《氓》

这类作品反映了妇女受压迫，又无力反抗的悲惨命运。由于受时代、历史和题材的限制，诗歌反映社会生活的内容是有限的，虽然从《诗经》当中我们能够看出先秦时期的妇女面对爱情和婚姻的态度，但作者却没有对他们的悲惨命运给予科学的指引。虽然写了大量反映女性在封建社会中受压迫、受迫害的作品，但却没有提出好的解决方案。因而这些妇女形象也就随之变得软弱而缺乏个性，虽然《诗经》把妇女面对压迫时的态度写得很精彩，但总让人有意犹未尽之感。

唐传奇则不然，它赋予女性特有的韧性和魅力，在面对大是大非面前，她们显得尤为勇敢和开明。她们敢于去爱自己深爱之人，而且在面对遗弃或是外界压力之时，还表现出了智勇双全的难得品格。中国古代的女性形象一直是中国文学歌咏的焦点，但在唐传奇出现以前还没有出现过一部作品，能如此全面地反映中国古代劳动

唐传奇小说赋予女性特有的魅力与韧性

妇女的高贵品格。毫不夸张地说，唐传奇小说中塑造的女性形象成为唐代文学史上亮丽的一笔

奇的出现为全面塑造中国古代女性形象树立了一座丰碑。使得中国古代女性的形象更加突出，爱恨分明的个性更加鲜明。唐传奇抛弃了以往文学作品中女性形象的软弱性和妥协性，这不但在唐朝文学史上书写了亮丽的一笔，而且对后世中国的小说文学也产生了深远的影响。元曲中的《莺莺传》便直接取材于唐传奇而成书。

《唐传奇》中的女性形象对《红楼梦》中女性形象的塑造，也有非常深刻的影响。《红楼梦》的作者曹雪芹在书中刻画了大

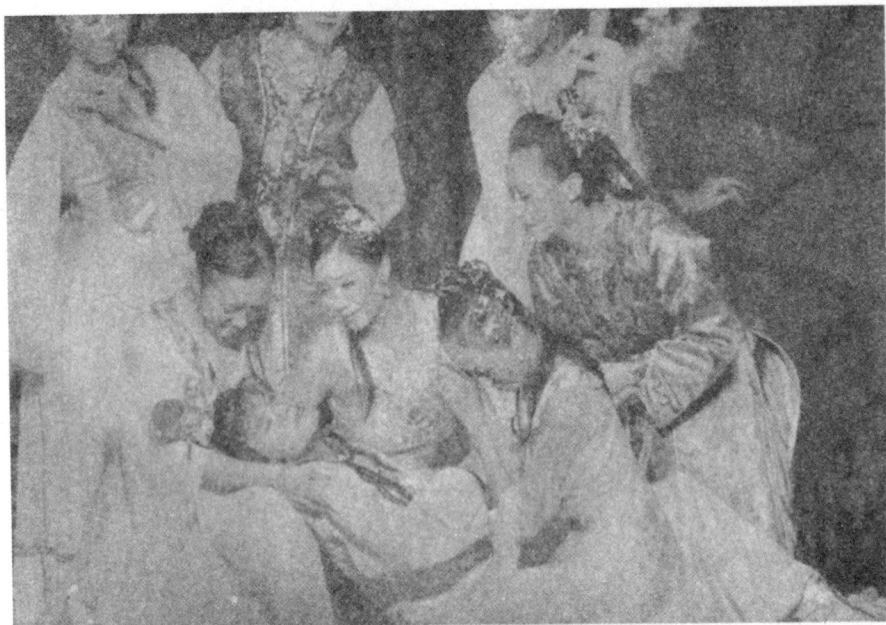

《红楼梦》剧照

量的女性形象，金陵十二钗，贾府上下的各色女性人物，主子、丫鬟，倔强的、坚强的、刚正不阿的、逆来顺受的、寻死的、觅活的、枉生的、枉死的等诸多女性形象在《红楼梦》中均有体现。世人常把《红楼梦》比作是中国封建社会的百科全书，更准确地说，应该把《红楼梦》定位为中国最完整的一部巾帼英雄传。曹雪芹总是说女人是水做的，纯洁得晶莹剔透，因此他在书中用大量的笔墨描写了众多女性形象。曹雪芹深谙中国传统文化精髓，他呕心沥血写成的《红楼梦》既是封建社会的写照，又是封建制度逐渐衰落的缩影。正因其思想境界高远、艺术成就突出，红楼

《红楼梦》剧照

梦》才高居中国古典小说的榜首，数百年来为万人敬仰。

唐传奇中塑造的女性形象是中国小说中女性形象的雏形。她们敢爱敢恨的作为对后世文学产生了深远的影响。而后，中国小说中的女性形象无不有唐传奇的影子。可以说，唐传奇中对女性形象的塑造是中国文学史上的一大壮举，其中对女性性格的刻画和塑造非常全面地反映了中国古代女性对待婚姻、对待爱情、对待人生的态度。她们所表现出来的敢爱敢恨的大无畏精神，至今仍让我们惊叹不已。

当下都市文学盛行于世，早在20世

纪 80 年代，女性文学研究已经进入文学批评家的视野。时至今日，仍然是文学领域不可或缺的一支力量。众多的女性形象出现在小说、电影和电视剧中，他们面对生存困境表现出来的从容，面对生存压力表现出来的镇定，面对爱情表现出来的执著，面对背叛表现出来的大度，有时令男子都自愧弗如。这是一种品格，也是一种传统，既是一种文学传统，又是一种生活传统。这种传统就是

女性文学在今天的文学中仍然占有重要的地位

中国上千年核心价值观的浓缩。唐传奇中的女性形象让我们看到了那个时代的女性豁达的精神和超凡的气度。可以说，唐传奇中女性形象的塑造是中国最早对女性核心价值观的诠释。

第二，敢于反抗的侠义观。

侠义精神是中国的传统文化精神。侠义小说历来也是中国文学中一个非常重要的部分。唐传奇中歌咏的人物形象大多是女性，偶有男性，如《柳毅传》中的柳毅。但这些女性却如男性一样，有着侠骨柔肠。她们在面临大是大非时表现出来的正义感，着实令人钦佩。比如她们敢于与恶势力作斗争，有着强烈的反抗精神。在面对恶势力压迫的时候，她们不是表现得唯唯诺诺，而是敢于用语言抨击那些道貌岸然的伪君子，封建社会的妇女受三从四德的影响，她们的权利很多时候都要受到压抑，所以她们只能运用语言来反抗。她们虽没有造成反抗的事实，也没有给封建恶势力以沉重的打击。但她们的精神却动摇了封建正统中"男尊女卑"的思想，大大提高了妇女在封建社会中的地位。这种创作思维影响了后世很多作家的创作，我们前文提到的《红楼梦》中就塑造了很多敢于反抗的女性形象，如探春、晴

唐传奇小说中的女性充满智慧。富有正义感

情到浓时方恨少，人生何处不相逢

《红楼梦》中的女性侠义精神受到了唐传奇小说的影响

雯以及跳井的金钏。要知道在封建社会，死亡也是一种无言的反抗。再如《红楼梦》第四十回，王熙凤等人抄检大观园之时，探春精彩的怒斥，是对封建恶势力的有力回应，因此也掀起了《红楼梦》故事情节的第一个高潮。倔强的晴雯虽死于非命，但却给我们留下了深刻的印象。她们或死、或远走他乡，都没有一个好的结局。这也预示着封建社会的妇女即使敢于反抗，也难逃厄运。即便如此，在中国小说文学的宝库中，她们栩栩如生的形象却令世人赞不绝口。显然，《红楼梦》中众多女性的侠义精神是受到了《唐传奇》中女性精神的影响。

这种妇女的反抗精神也常见于现代文学作品。在金庸先生的十四部武侠小说中，这样的女性形象也有不少，在这里就不一一列举了。在当代文学作品、包括很多影视作品中，妇女的这种反抗精神被大书特书。有很多部影视剧都反映了这一主题。这是对中国传统文化精神的一种继承和发展。当代的文学作品，虽换了时代背景，但人物最本质的精神特质并没有改变，中国传统文化的精髓被人们世代传承着，延续着⋯⋯